しごと放浪記

自分の仕事を
見つけたい人のために

森まゆみ
Mori Mayumi

インターナショナル新書　081

目次

まえがき　昼寝を楽しむ、フリーランスの一日

朝起きたら歯磨きとうがいをして、五分後に私は机のまえに座っています。七時ごろ、メールチェックをして、デジタルで新聞を読みます。緑茶を飲みながら仕事にかかります。その間一〇分、通勤ラッシュに揉まれることはありません。目の病気をしているので、長いことパソコン作業はできません。ときどきスリープにして、資料を読んだり、洗濯をしたり、掃除もします。

お腹が空けばトーストを一枚、サラダとコーヒーぐらい。還暦を過ぎたので、仕事は少なめに、お昼過ぎにたいてい終わります。

歩いて行ける範囲においしいランチのお店がいくつかあり、空くころを見計らい、気分転換に行くことも。そのついでに夕飯の買い物をし、銀行と郵便局に寄ることが多いです。郵便局が斜め前なのは助かる。買い物は、スーパーには行きません。町の小さな個店をこれ以上なくしたくないからです。気に入った魚屋が近くに二軒、肉屋二軒、八百屋もあります、総菜屋も、豆腐屋も、散歩ついでに寄ります。食材はフレッシュなのがいちばん、

買い置きはしません。まだまだ個店のある町に住めて幸せです。

仕事が立て混んでくると、それどころではありません。家の並びのお米屋さんがおにぎりを売っています。おいしいし、ありがたい値段です。自家製の味の濃くないおかずもあります。少し暇なら、坂をおりて保険がきく上手な整体に行きます。

それから小一時間、お昼寝。家で仕事をする最大の喜びは、ベッドで昼寝ができることです。三人の子どもは巣立ち、私一人にはこの家は少し広すぎます。ただたくさんの本も出したので、資料や本も多くて、一部屋は資料と自分の本の在庫でいっぱいです。

マンションの四階に住んでいますが、地下にトランクルームがあり、そこにすでに刊行した本の資料は入っています。いただく本も多いですし、読み終わった本も多いのですが、もう二度は読めないという本は玄関の段ボールに入れ、家に来る若い人にあげています。あるいは友だちの古書店にさしあげます。

服も靴も少ないです。化粧品もほとんどないし、アクセサリーもほんの少し。指輪もネックレスもなんだか似合わないので。

天気がよければ、午後、散歩に行きます。小石川植物園、六義園、東大構内、旧古河庭園、王子あたり、上野の博物館や美術館にも、歩いたり自転車で行きます。事故を起こさないよう、細心の注意をして走ります。坂道は降りて押します。欲しいのだけど電動自転車をまだもっていない。途中で地図を見て困っている外国人に会うと、道を教え、暇ならガイド。自分も外国で親切にされたり、案内してもらってうれしいこともある。いい印象を持って帰ってほしいから。

夜、近くの若い人もたまに飲みに来てくれます。エプロンをかけて、手早くつまみをつくります。素材決定主義で、食材や調味料は選び、手をかけずに料理をするのは得意です。二、三時間で疲れたら「もう電池切れ〜」といって帰ってもらいます。お皿や鍋を洗ってくれる人、ゴミや空き瓶を下のゴミ置場まで持って行ってくれる人もいます。

たまに地域の仲間と外で一杯。といっても行きつけの町の店です。酒量は減ってきて、ビール中ジョッキ一杯とお酒一合くらい。仕事関係で飲むときも遠くまでは行きません。三田線の白山駅から近い神保町か日比谷、南北線の本駒込駅からなら飯田橋かせいぜい四ツ谷、その辺までです。都心と反対方向の、巣鴨、駒込、王子、赤羽、板橋も好きです。そのほうが都心方面へ向かうより開放感があり、居酒屋の値段も安いので。味よりも、居心地のいい、家の延長みたいなお店が好きです。

お風呂に入って、日付けの変わるまえには寝床に入ります。以前は徹夜もしましたが、いまは今日のうちに床に就きたい。枕元の灯りで本を少し読みますが一〇ページも読むと眠くなります。読書のためにときどき、旅に出ます。そうすると、仕事を忘れて本に熱中できます。

クーラーはありますが、ほとんどつけません。窓を開ければ風通しがいいからです。頭寒足熱が好きなので、冬も暖房は足元に小さなホットカーペットくらい。幸い南と東向きなので日当たりがよくて助かります。目の病気をして眩しいのが辛いので、昼間は照明をつけません。私はこういう縮小生活を楽しんでいます。

一年の三分の一くらいは旅。国内はできるだけ電車を使います。思い立ったら足の向くままなので、宿は、当日スマホか電話で予約します。昔は旭川まで日帰りとかしましたが、いまではできるだけゆっくりした旅を心がけています。

こんな気ままな生活はいつからかしら。学校を出て二つの会社に勤めましたが、通勤ラッシュが嫌いで、会社をやめたいとずっと思っていました。忍耐力がなくて、上司のいうことを聞くのも、集団行動も不得意でした。要するに「勤められない人」なのです。結婚前に会社をやめて、子どもが次々生まれたころは貧乏でした。確定申告に行くと毎回、どうやってこの収入で食べているんですか、と同情されました。でも若いころは貧乏は気にならなかった。

　フリーはたしかに安定していないし、給料もボーナスも退職金も、十分な年金も出ません。でも損得は考えたこともありません。私は最近、国民年金をもらい始めましたが、月に直すと六万ちょっとで、そこから介護保険料を引かれます。これではせいぜい食費ちょぼちょぼ。まあ、それでもいいか。嫌なことは嫌だ、心に染まぬことはしたくない、そう思うだけです。

　生まれたからにはそのために生まれてきたという仕事を見つけたい、と誰もが思っていると思います。そのために専門的な知識や資格もとりたいと思って専門学校や大学に入るのでしょう。しかし、いまの大学のカリキュラムや教え方はそれに応えるようになっているとは思えません。学歴をつけるためだけ、就職を先に延ばすためだけなら、大学に行く必要はないと思います。オン・ザ・ジョブ・トレーニングでもスキルや知識の習得は可能です。

　会社が人を雇うことについても、経済の変動に対応すると称して非正規雇用が増えています。高度成長期を支えた終身雇用はとっくに崩れています。さらに女性の場合、会社で働き続けながら結婚をし、子どもを産んで育てたりできるのだろうか。保育園や学童保育に入り損ねないだろうか。

いくら男女平等といっても、家事や育児の負担は女性により大きくかかりがちです。いまいる場を改善するために戦うことは重要です。でも、いっそ人に使われるのでなく、フリーランスで生きていく道はないのか。そういう悩みや希望を誰しも抱えていると思います。

私は二四歳からは四〇年以上、フリーで、現在、作家、編集者、市民運動家、映像作家、古老の聞き書き、まちづくりのお手伝いなど、いろんな仕事をしています。大学や企業、政府、行政とも少しはかかわっています。何ごとも毛嫌いはしません。どこにおもしろい人がいるかわからないし、自分と考えの違う人の話はおもしろい。一九八四年、二九歳のとき、地域雑誌『谷中《やなか》・根津《ねづ》・千駄木《せんだぎ》』というローカルメディアを起業し、子育てをしながら仕事の幅を広げてきました。

地域雑誌は十分な収入にはなりませんでしたが、仲間や地域の人と助け合って、子どもを育てることができました。地域の壊されそうな建物を救ったり、この町をよくしたいという人々のネットワークをつくりました。もらいもの、応援も多く、給料以外の別の経済も働いて、まるで「お布施で生きている」ような毎日でした。いまでは「谷根千《やねせん》」の略称で親しまれ、たくさんの見学者が来るようになりました。

暮らすためにお金の入る仕事ももちろん大事です。でもなんだかんだ、やっていることの半分はお金とは関係ない。私は「人の、社会の役に立つこと」が仕事なのだと考えています。どうやったら自分の好きなことを仕事にできるのか。大学で何回か、お話をしたので、若い人々のお役に立てることはないか、と考えて、特に二〇代での悪あがきを中心に小さな個人的な経験を書き留めることにしました。

第一章　均等法以前の女子学生　一九七三〜七七

私は東京都文京区動坂下の二軒長屋のかたっぽで生まれました。父も母も近くの都立駒込病院勤務の歯科医で、やがて近くで開業しました。区立の幼稚園と小学校に通いましたが、わりと早く字を覚え、道を歩きながら本を読んでいて、よく銀行の出窓にぶつかって注意されました。活字だったら電話帳でも焼き芋の袋でもいい、叱られて押し入れに閉じ込められると、ふすまの裏紙を読んでいました。母も家業で忙しく、勉強しろともいわれず、私は好きに暮らしていました。でもそのころの流行で、担任の教師の勧めで中学受験をし、たまたま受かった国立大学付属の中学校と高等学校へ通うことになりました（いまだにこの中学受験と馴じめなかった国立付属中学は私のトラウマになっていますが）。

都電で二〇分くらいのところにあって、中学では音楽部。幼稚園のころからピアノも習いましたが、練習が好きでなく上達しませんでした。中学から声楽を習い、ドイツ・リートやオペラのアリアを歌っていました。音楽部ではミュージカルを覚えました。高校に進むと演劇に興味をもち、カミュだのジロドゥだの寺山修司だのを上演し、芝居の公演に行くことも覚えました。そんなわけでたいして受験勉強もせず、コンサートや芝居ばかりに夢中になっていました。

偏差値で大学を受けて

父母の跡を継ぎ、歯科医になって人の口の中をのぞいて、虫歯を根気よく治すという仕事はできそうにない。何も考えず、高校が女子ばかりだったので、男の人が多いところがいいな、くらいの不純な考えで偏差値だけで受験校を選び、一九七三年、早稲田大学の政経学部に入学しました。九科目も勉強して、東京大学の文科一類（法学部へ進む人の多いコース）も受けたのですが、数学が不得意で落ちました。たぶん〇点だったと思います。

一方、早稲田大学では私が受験勉強の最中に、中核派とまちがわれた一般学生が革マル派にリンチで殺されました。いわゆる川口君事件といいますが、父は心配して「慶應も受けろ」といいました。それで慶應の経済も受けて合格しました。ただ、慶應は一、二年が横浜の日吉で、今は地下鉄が乗り入れて便利ですが、当時は渋谷乗り換え、通学が面倒だったので、早稲田に行くことにしたのです。早稲田はバスで一本でした。

思い込みかもしれませんが、上流子女の多そうな慶應よりは、バンカラの早稲田のほうがタイプに合っていました。国立の合否がわかるまで、授業料払い込みを待ってくれたので、いまでも覚えていますが、三月下旬に自分で入学金と授業料を払いに行きました。

来ていたのは、同じように国立を落ちた人ばかりで、窓口にはなんとなく諦めとか悲哀のムードが漂っていたような気がします。誰かの授業料の一万円札が強風にあおられて、枯れ木ばかりの構内に飛んだ。みんな必死でそれを集めました。国立落っこち組の妙な連帯感がそこにありました。

授業料ほど物価より上がったものがあるでしょうか。私の入った一九七三年には、授業料は私立で年間一二万円、国立は三万六千円でした。いまはそれぞれその一〇倍ほどになっています。卵やバナナは当時とほぼ同じ値段か、かえって安くなっているのに。

クラスに女子学生は一人

浪人して捲土重来を期するほど、受験勉強が好きではなかった。それで早稲田の文学部の体育館で行われた入学式に行ったのですが、一学年三クラス、一二〇人しかいない女子高校から来てみると、まず雑踏のような人の多さに驚きました。

入学者は一万人近くいました。各学部一二〇〇人ずつ。入学式が始まり、ガウンをまとい、角帽をかぶった教授たちが、壇上に居並びました。創立者大隈重信の銅像のような格好です。そこに突然ヘルメットの一団がゲバ棒をもち、スクラムを組んで乱入してきました。そうしたら壇上の教授たちはガウンを翻して逃げてしまったのです。がっかりしましたた。あんな意気地のない連中に学問を学ぶのだろうか。

政経学部一二〇〇人の学生の中に女子学生は四〇人ほど。この学部でよかったのかもしれません。政経学部では法律の科目も、経済の科目もありましたが、授業に出てみるとまったく向いていませんでした。日本語とは思えない潤いのない悪文の法律を暗記するなんてごめんこうむるという感じでした。経済は数学ができないと専門家にはなれません。まあ、当時はマルクス主義経済学というのも一大勢力をなしていたのですが。それと比べれば政治学、政治史、政治思想史は、躍動感のある、現代史が学べるおもしろい学問でした。でもそんなことを教えてくれる教授はまずいない。

いま思えば、文学部にも歴史学とか、文化人類学とか社会学とか心理学とか、私に向いていそうな学科はあったのです。高校のときの私にとって文学部というと、小説を読んだり、書いたり、語学を勉強したりというイメージで、そんなことなら一人でできるし、わざわざお金を払って学ぶようなことでもないと、傲慢ですが考えました。とにかく私のように偏差値だけで学部を選ぶとサイテーなことになります。

高校のときに興味のある分野の本を読んで、これと思う著者が教員でいる学部を選ぶのもいいでしょう。優れた弟子が多数育っている研究室は教員の実力を測るバロメーターです。

第二外国語にドイツ語を取りましたが、クラスに女子は二人だけでした。まんべんなくばらまくと、一クラスに一名になってしまうので、二人か三人ずつにするように配慮したようです。フランス語のクラスには女子が三人いました。女子のまったくいないクラスというのもありました。男子学生は「女っ気のあるクラス」をいいな、といいましたが、圧倒的な少数派である女性にとっては、面倒ばかりで何もいいことはありません。

たとえば政経学部の3号館という古い建物に女子トイレはなかった（アメリカの故ルース・ベイダー・ギンズバーグ最高裁判事が学んだころのハーバード大学ロースクールにも女子トイレはなかったそうです）。中庭の掲示板の横から入るトイレはあったのですが、他の男の学生が掲示板を見ているまえで、トイレに入る勇気はなかった。私たちは隣の教育学部の7号館のトイレを使わせてもらっていました。そのころまだ、大学にそういう配慮はなかった。もちろんクーラーはなく、夏になると男子学生はTシャツさえも脱ぎ、上半身裸になって授業を受けたりするので、目のやり場に困りました。

広い階段教室を後ろから降りていって、女子学生の隣に座ったつもりが、横を見てみると長髪の男子学生だったり。教員の中には男子学生に受けようとして、平気でエロ話をしたり、男尊女卑的な発言を繰り返す人もいました。私はこんな話を聞かされたり、恋愛をするために来たわけではない。そう思って、スカートはやめ、ジーパンにTシャツ、サファリジャケットという男装に近くなり、化粧もまったくしませんでした。

地方から来た女子学生はスカートをはいている人のほうが多かった。寂しいからか、やがて恋人を見つけ、同棲し、妊娠の不安におびえている人もいました。実際、中絶の相談を受けたり、自殺未遂の友だちを見舞ったこともあります。一方、男子学生の中には、家庭教師先の母親と関係をもって悩んでいる人もいました。見延典子『もう頬づえはつかない』(一九七八年)という小説は、桃井かおり主演で映画化(一九七九年)もされましたが、同世代の早稲田の話だと思います。学部の先輩の干刈あがた『ウォーク in チャコールグレイ』はそれより一〇年ほど前の私たちの学生生活を描いたものです。

一九七三年、すでに学生運動は静まり返っていました。ほとんどの学生はいわゆるノンポリ。政治には無関心。数は少ない革マル派が自治会を支配し、法学部自治会だけが民青系だった。他にも青解といわれる社青同解放派、第四インターなどのセクトの残党がいた。すべてのセクトから勧誘されました。

クラスでもう一人、新潟から来た女性は体調を崩して休学してしまい、クラスでは五〇人の男子学生に私一人でした。クラスのコンパ(酒飲み親睦会)に出ても、みんながついでくれるお酒を飲まなければならない。「俺の酒だけ飲めないのか」などという学生がいたからです。二〇歳未満は飲酒禁止ですが、そのころは一八歳でお酒を覚えました。

コンパでは最後に、なぜか尾崎士郎の映画『人生劇場』（一九三六年）の主題歌を歌うことになっており、「女と酒は男を堕落させるもの」としてしか登場しませんでした。女性が主人公である人生はないのだ。酔ってヘロヘロになって家に帰る地下鉄の駅で、世界がコロイド状に見えたのを覚えています。ゼリーの中でもがいているような。

みんなで高田馬場に出て飲むと、山手線で西日暮里へ帰りました。でも自宅通学だったことが、それほど暮らしを崩さなくてよかった理由でしょう。そのころ、クラスには麻雀ができる人は数少なく、私は小さいときから家族でやっていたので、彼らにも教えました。彼らはあっという間に上達し、私はすぐ負けるようになった。

同級生もいろいろで、とうてい受からないと思った政経学部にまぐれで入ったという人もいれば、東大を目指して一浪したが、二浪はしたくないという人もいました。大自然の中で育った九州や北海道からの学生は都会の私立進学校から来た学生より、素朴で、なんだか人間のスケールが大きな気がしました。

とにかく授業がしょっちゅう休講になるので、学校に行ってもやることがなかった。授業料返せという感じでした。自分の机もロッカーもなく、居場所もなかった（一年生のときに三鷹のＩＣＵ〔国際基督教大学〕に行くと、学生にもロッカーや机があるのに驚きました）。図書館は司法試験受験生などで混み合い、喫茶店でだべったり、麻雀をしたり、早稲田松竹や高田馬場パール座で映画を観ているうちに、だんだん勉強をする意欲がなくなってしまいました。大教室授業が終わると、どっと出てくる学生で構内はあふれ、さながら競馬場みたいでした。

政経学部に聞くに足る授業は少なく、私は文学部の竹内理三先生の中世史の授業や、演劇博物館の公開講座に毎週出ていました。そういう意味では、刺激のある大学だったと言えるでしょう。昼休みには白塗りの男たちがキャンパスで舞踏をし、大学の創立者の一人で自由民権派として活躍した小野梓を記念する小野講堂でも芝居や映画会がありました。『戦争と人間　三部作』（一九七〇〜七三年）、『無防備都市』（一九四五年）、『武器なき斗い』（一九六〇年）、『アントニーとクレオパトラ』（一九七二年）などの映画を構内の自主上映で観ました。大学とは、世間を見に行くところでした。

あるとき大隈講堂で作家、野坂昭如さんの講演があった。

「この中で童貞の諸君、手をあげなさい」。あげる学生もいたのだから素直な時代です。

「この中で処女の人は？」。野坂さんは壇上で酔っぱらっていたのか「いま、手をあげた人、席の近い人とすぐにラブホテルにいきなさい」といった。みんな笑った。そんな講演をよく大学構内でやっていたものです。

そのころは、文学部出身の野坂昭如と五木寛之の直木賞作家お二人が人気がありました。五木さんの『ソフィアの秋』にも登場するミネルバ茶房のモデルともいわれる、煙もくもくの早稲田茶房で哲学や政治を語るのが私たちの日常でした。その喫茶店もいまはもうないようです。

「女子学生亡国論」

その当時、暉峻《てるおか》康隆という文学部の教授は「大学に女性が進学すると、男子学生が女性を奪い合って、大学は学問研究の場でなくなる」という「女子学生亡国論」を大まじめに主張していました。女子は邪魔もの扱いだったのです。

授業は毎年、同じノートを読んでいるような先生が多かった。その中で、西洋政治思想史の藤原保信先生の授業だけが刺激的で、三、四年とゼミに入れたのはラッキーでした。これも、先生は「ゼミに女子学生を入れると必ず恋愛沙汰が起きるから取らない」と堂々とおっしゃっていました。「その考え方は平等ではない、女性を育てようと思わないのですか」と直談判して、その年は三人が取ってもらえました。

先生自身、農業高校を卒業し、働きながら早稲田の第二政経学部を卒業し、博士号もとった苦学生でした。当時、医学部や理工系は別として、政治学や歴史学で博士号をとる人はそういませんでした。アメリカに留学する人々が増え、かの地でドクターをとる人が増え、日本も博士号をたくさん出すようになりました。でも、博士号の数ほど大学のポストは増えず、当然、おびただしいオーバードクター問題が起きています。

同じゼミの大学院生にチューターになってもらって、マルクスの『資本論』やルカーチ『歴史と階級意識』、スタロバンスキー『ルソー 透明と障害』などを読む自主ゼミもやりました。法政大学や東京大学にも潜りで授業を聞きに行きました。政治学を学ぶのに現実の政治とかかわらないのはおかしい、そう考えてさまざまな社会運動のデモにも参加した。それを見かけたクラスメートに、「君ももう少し美人に生まれていれば、デモなんかに出なくてすんだろうに」といわれたのを覚えています。容貌とデモは関係があるのか？「君の顔って相当に漫画チックだな」といわれたのも忘れられません。ほとんどの学生は商社や銀行、損保、広告などの有名企業に就職することしか考えていないようでした。

大勢の中に女性一人だったので、ラブレターはたくさんもらいました。好きでもない男性に追っかけ回されるのは、迷惑以外のなにものでもありません。恋人より友人がいい。恋人とはいつか別れなくてはならないときが来るけれど、友人は何人いたっていい。いまでもそのころの友人たちとは付き合いがあります。

味噌汁つくって生きるの？

それからもずっと、いわゆる「紅一点」という言葉は嫌ですが、どこへ行っても女が一人なことが多く、味方をつくって生き延びるのは大事なスキルでした。正直にいうと、大学に入って毎日のように、ちょっとステキだなと思う男子に会いました。留学生もいましたし、サークルの先輩もいました。それが本格的な恋愛にまで発展することはなくて、翌日には、別の人をステキだな、と思うのでした。

地方から来た学生たちは、多く西武池袋線の練馬辺りに下宿していました。読書会に駅から畑のある道を歩いていくと、周りはコスモスの花畑だった。夕暮れの空に揺れるコスモスはきれいでした。

何かというと高田馬場や新宿で飲みました。「何にする？」というクラスメートに「野菜炒めでいいわ」と財布を気遣っていうと「そういうところがお嬢さんでやんなっちゃう」といわれたことがあります。「せっかく就職が決まったから、バイト代で盛大におごってやろうと思ったのに」。親の病気で退学する級友は「たまには安物のサラダみたいな手紙をください」といって去っていきました。

記憶にあるのは、中央大学とクラス対抗の野球の試合をしたとき、私も試合に出てライトを守った。球が飛んでくると、みんな親切にも必死になって走ってきてカバーしてくれたものです。終わるとお互い、エール交換で校歌を歌おうじゃないかということに。私たちが「都の西北」を元気に歌ったあと、中央大学の学生たちは「俺たち校歌なんて知らないよ」といい出しました。なんだか新鮮でした。校歌で母校愛や一体感を確かめなくてもいいんだ。私は早稲田ナショナリズムというものは最後まで嫌いでした。

ある時、クラスの男の子が来ていいました。「今度、クラスで日本女子大と合コン（合同コンパ）することになった。いいにくいんだけど、森さん、来ないでくれる?」。確かに女子大と合コンをやるのに、私が来るのは邪魔だったでしょう。合コンは恋人を見つけるためにやるのですから。「行かない」といいましたが、ちょっと複雑な気分でした。

私は隣のクラスの女子学生に不満をぶちまけ、「私たちは私たちで生きる道を探そう」

と肩を叩かれ、ジーパンにTシャツで一緒に新宿の美人喫茶のオーディションを受けにいきました。そんなのがあったんですねえ。結果は二人とも見事に不合格。ますます落ち込む私たちでした。なんで受けたのかも、いまとなっては判然としないのですが。

早慶戦を見に、神宮球場に行ったことがあります。そのころは春と秋の早慶戦の時、大学は休講になりました。国際関係のサークルの仲間といったのですが、そこにもたくさんの他校の女子学生が来ていました。彼女たちの持ってきたお弁当の豪華だったこと。おにぎりには、たっぷり梅干しや鮭が入って海苔でぐるりと巻いてあります。鶏のから揚げも見事です。出し巻き卵もふんわりと柔らかくて。

「森さんもどうですか?」と勧められ、ご馳走になったのですが、何も持って行かなかった私は何だったのでしょう。彼女たちは要するに、「自分は料理がうまくていい妻になれる」ということをアピールしていたのか。「森さんは友だちとしてはおもしろいけど」「味噌汁つくってくれる女がいい」と男子学生は公言していました。私はそんな妻になる気はないもんね。三高主義、女性が高学歴、高収入で背が高い男性を選ぶという話はもっと後のことですが。

早慶戦はわずか三回しか見に行かなかった。男子学生は帰りに新宿歌舞伎町の噴水に飛び込むのでした。アホらしい。そのまえがコマ劇場でしたが、これもいつかなくなってＴＯＨＯシネマズになり、このまえ『ボヘミアン・ラプソディ』（二〇一八年）を若い友人たちと見ました。ロックバンド・クイーンの全盛は私の学生時代です。

履歴書は虚しく返された

大学受験までは成績本位で、男女差別はそうなかった。しかし就職には確実に差別がありました。そのころはいまのような青田買いではなく、四年の秋に就職活動が解禁になり、ゼミやクラスの男子たちはいわゆる一流企業にスイスイと内定をしていました。そのころの一番人気は文系なら電通、博報堂、三菱商事、三井物産、東京海上、日商岩井といった広告会社や商社などでした。理系だと、日立やトヨタ、東芝、三菱電機などでしょうか。募集人員は少ないけれど、新聞社や出版社、テレビ局を目指す人もいました。

ところが、女子学生の募集はゼロ。構内の掲示板を毎日見に行きましたが、募集がまずない。あらかじめ排除されていた。現在は男女雇用機会均等法がありますが、当時は企業が男子だけ採って女子を採らなくても、なんの罰則もありませんでした。入学前にはそんなことも知らなかったのです。ある日、河田町のフジテレビで女性キャスターを四人募集する張り紙が大学に出ました。それを見てみんな、早大正門から東京女子医大病院行きのバスに乗り、フジテレビに履歴書を出しに行きました。バスは女子学生でいっぱい。あれは競争率何百、何千倍だったかしら。

当時の人気企業だったソニーにもエントリーしました。覚えているのは、履歴書に、自宅か下宿かを書く欄と、親の財産を書く欄があったことです。そんなの本人の能力と何の関係があるのでしょう。一般に大企業は女子は自宅生しか採らないといわれていました。面接で、恋人はいるのか、結婚したら退社するのか、と聞かれたこともありました。

とにかく、今みたいにネットでエントリーするのではなく、手書きの履歴書を郵送するので、二〇通も書かなかったと思います。家に帰ると、歯科医の母が白衣でマスクをしたまま、「また、戻っているわよ」と虚しく返された履歴書を指さしました。父は心配して「もう一度、歯科の学校に行くか、または薬剤師か技工士になったらどうか」と本気で勧めてくれました。

私が大学一年のころがスミソニアン体制の崩壊とオイルショックだった。それが四年になるとじわじわと効いていました。当時、大企業では大卒だけでなく、高卒、短大卒でも女性の結婚退職制、妊娠退職制が厳然と行われていました。ある大企業の経営者は「丸の内に妊婦は似合わない」と公言していました。たとえ大企業に入っても、女性は四大卒でも男性の補助業務で、コピーとりやお茶汲みがほとんどでした。そのうちに男子との間に給料の差が開いていきます。私は成り行きまかせで生きてきたことを反省しました。

私のいた女子高校は国立の進学校ですが、一二〇人の同窓生で、二〇人近く医者になった。数人、裁判官や弁護士がいます。その他、教師や教授、公務員がいます。医者や弁護士の親が多かったせいもあるのですが、みな用意周到に、高校のときから、女性でも差別されない、収入と社会的地位がある職業は何か、を緻密に考えていたのでしょう（それが適性と自らの希望であったかどうかは知りません）。そしてみんなコツコツと勉強して、国家試験も突破したのです。

それに比べて自分はどうだろう。大学受験すらまともに勉強はしなかった。小説を読み、美術展を観、芝居や映画に溺れ、歌を歌って、勉強しないで受かればめっけもの、くらいに考えていた。理数系は高校に入ってから苦手意識が強くなり、医師やエンジニアは無理。さりとて国家公務員試験や司法試験などを準備する忍耐力はありません。

大学選びのいい加減さを、また大学四年の就職のときに繰り返したわけです。でも若いってすばらしい。二〇通もの履歴書が返されてきたところで、私は気にもしなかった。のんきにも、卒業したら、もう一度、東京藝大の声楽科を受けようとか、「こんにゃく座」というオペラの小さな劇団に入るのもいいな、などとまだまだ夢を見ていました。企業は受けさせてもらえないので何をしたか。カンツォーネ・コンクールに出場し、銀座にあったシャンソン喫茶・銀巴里のオーディションを受けたのです。それは、加藤登紀子さんがシャンソン・コンクールで優勝し、歌手デビューをしたことの影響もあったかも。

結果は散々でした。越路吹雪の十八番「ろくでなし」が課題曲で、すばらしい人生経験をおもちの姉御たちのまえで歌ったのですが、「あと一〇〇回くらい失恋してから来たらどう?」と言われておしまい。でも私の長所はくよくよしない。立ち直りが早いところ。

内定した男子学生は卒論を書いたり、早々とヨーロッパ旅行に出かけたりしていました。いま卒業旅行というのは当たり前になりましたが、その頃は一ドル三〇八円のスミソニアン体制が崩れた頃でした。海外旅行には不利なレートでした。ほとんどシベリア鉄道経由。新潟から船でナホトカへ。さらにハバロフスクへ、それがいちばん安いルートだった。

そのころ、五木寛之『さらばモスクワ愚連隊』『青年は荒野をめざす』(ともに一九六七年)がよく読まれていました。これを読んだ人はシベリア鉄道でモスクワへ、さらにヘルシンキまで旅し、金髪の北欧美女と恋愛することを夢想し、実践した友だちもいます。デラシネ（浮き草）という生き方も流行っていました。でも学生時代、そんなふうに自由に生きていた学生もみんな長髪を切り、ほとんどがスーツを着る会社員になりました。桜田淳子の「さよならだけの季節」という歌詞がある「もう一度だけふり向いて」（一九七六年）は、まさに大学卒業時の別れ、そして会社に囲い込まれていく男への女が感じる幻滅を歌った名曲に思えます。

へそ曲がりの私はこうなるとかえって就職してみたくなりました。恩師、藤原保信先生は、「森さんは大学院に来なさいよ。翻訳一つ見ても才能があるように思うし」と慰めてくれました。しかし私は、社会科学に必要な抽象能力に自信がなかった。分析能力が足りないと思っていました。思想史や社会科学は、物を分けていく、抽象化する学問です。私は、物を集め総合して表現すること、声を出して歌ったり、体を動かすことには向いていましたが、物を分けるのは苦手だった。

「私は社会に出て、世の中という大きな本を読みたいと思います」と先生に生意気をいいました。これはゴーリキーの『世の中へ出て』を読んだからかな。大学の四年間で、私は社会が不平等で、差別があること、たまたま生まれた国によっては、内戦が起こり、難民が生まれ、衛生が問題で、飢餓により子どもの生死すら危険にさらされることを知りました。知ってしまった以上、そんな社会をどうにかしたかった。いまならNGOかNPOに就職していたでしょう。そんなものはまだなかった。

藤原先生は就職に苦戦している私を見兼ねて、早稲田大学図書館の司書を受けられるように推薦してくださいました。「早稲田は教員と事務員はほとんど同じ待遇だからいいと思う」とおっしゃるのでした。これも二人しか採用がない。私は蔦の絡まる2号館で最終面接を受けました。「司書というのは重い学術書を何冊も運ぶので、腰にきますよ。大丈夫ですか」と面接で聞かれました。結局、四人のうちから二人を採る際、司書資格を持っていなかった私は落ちました。

こんなことなら、教職や資格もとっておくのだった。政経学部を卒業して教職をとると、中学と高校の社会科の教師資格を得ることができる。それも考えないではなかったのですが、教職課程の受付に行くと、その建物の周りを一回り以上学生の列ができていて、例によってせっかちで怠けものの私は面倒くさくなったのでした。それに学校という規則ずくめの世界は自分には耐えられそうにないし。いまも何一つ資格はありません。

新聞社と出版社

あまりに就職が決まらないので、父親も心配しだした。といっても歯医者に出版や新聞の世界へのコネはありません。たまたま第一勧銀（のちにみずほ銀行に合併）の上野支店の支店長さんが取り引きがあったので心配してくれました。「小学館とか集英社とか受けられないでしょうか」と私が高望みをいうと、支店長さんは「ビジュアルの雑誌が主体の雑誌社は美大を出た人を欲しがるようです」と遠回しにいうのです。「じゃあ、どこを」「筑摩書房はいかがですか」ということで、ここをやっと受けさせてもらえました。学科試験は、駿河台にあった中央大学。古い重厚な建物の大教室にいっぱいの学生を見て、この中で何人受かるんだろう、とぼんやり暗い気持ちになりました。

それでも支店長のおかげか、最終の四人に残り、面接を受けました。その頃の筑摩書房は神田の小川町辺りにあり、木造の古い建物でした。そこに行くと、小林秀雄や唐木順三みたいな感じの白髪のインテリっぽいおじさんがずらりと並んでいました。丸山真男や加藤周一の話をしたように思います。最後に「あなたは校正はやる気はないですか」と聞かれました。そのときに校正が何かをよくわかっていませんでした。それで「本の編集がしたくて受けに来ました。校正はする気はありません」といいました。はい、落選。

のちに出版社に入ってわかりました。老舗の出版社は長らく正式には高卒か短大卒の女性しか採りませんでした。受付やお茶汲み要員です。それで入って大編集者になった方もいます。とにかく入ったもん勝ち、そのあと自己アピールをしながら、望む部署に変えてもらうこともできる。アルバイトから入って、嘱託に、さらに正社員になる例は多い。重役になった人もいます。

それにしてもここまでコマを進めることができたのは、そのとき、筑摩書房の経営が危機的で、倒産寸前だったからで、銀行の支店長が大きな発言力をもっていたからでしょう。筑摩の受験の日は朝日新聞の受験日と重なっていました。私は本が好きなので編集者にもなりたかったし、取材するジャーナリストにも向いていると思っていました。でも試験日が重なり、紹介者への義理もあり、泣く泣くエントリーしてあった朝日は諦めました。

その年は少なくとも全国紙や通信社で女性が応募できたのは朝日だけだった。読売、毎日、日経や共同通信は女性を募集しなかった。のちに新聞社と付き合いができるようになって、女性を募集しないはずの会社に、自分より年上の女性記者が結構いることにびっくりしました。コネ採用だったのか、それとも何か違う名目で入社し、部署が変わったのか、わかりません。

東京大学の新聞研究所に入ってから、実際に新聞社に話を聞きに行く機会がありました。

共同通信に行ったときに、小和田次郎というペンネームで「デスク日記」を書いたことで有名な原寿雄さんという主筆に会いました。「どうして女性記者を採らないんですか」と質問すると、「女性は育ててもイイ男が出てくると会社をやめちゃうからね」とユーモラスにお答えでした。ちょうどそのころ、東大卒の共同通信記者で、ニューヨーク特派員を務めた矢島翠さんが評論家の加藤周一さんと恋愛し、退社されたあとでした。そうすると一九五五年卒の矢島さんのころは共同通信が女性記者を採用していたのでしょうか。

のちに朝日新聞の局長クラスの人とシンポジウムで一緒になったことがありました。私はまた同じ質問をしました。「なんで女性記者を採らないんですか」。その人は答えました。「成績で採ると上位はみんな女性になる。でも女性に宿直はさせられないし、サツ（警察）回りをさせるのも酷だ。女性の宿直室はない。新聞記者は体力勝負だし、生理休暇を取れるような悠長なところじゃないんですよ」。つまり、新聞社は成績順には採用していなかった、と思われます。

しかし私はそのときにこういう通念に抵抗する活動をしませんでした。ただ、そうなのかあ、と思って諦めただけでした。政経学部の二、三年下の後輩たち、福沢恵子さんや新井一二三さんが「女子大生の就職差別を考える会」をつくり、差別的な募集をしている企業を糾弾し、ヘルメットをかぶって、本社前でビラ配りしたりしたことがニュースになりました。すばらしい。なぜ私もそういうアピールをしなかったんだろう。

彼女たちはめでたく朝日新聞に入社。そういう意味では差別反対活動が自己アピールになり、就職活動に繋がったのかもしれません。しかし二人とも早くに新聞社をやめ、一人は大学教員に、一人はフリーのジャーナリストになっているようです。高給で知られる新聞社も女性には居心地のいいところではないのかも。

さて、先ほど女子学生にも門戸が開かれていた全国紙は朝日新聞だけだと言いました。ずっとあとになって、朝日にいる友だちに「私と同じ年に入社した女性記者っているの?」と聞いたところ、彼は調べてくれました。結局一人もいなかったのです。つまり、その年は全国紙で女子学生が受けられたのは朝日だけで、採用は皆無でした。表向きは受けさせるが、採用する気はなかったのかもしれません。しかし時代は変わり、いまでは大新聞も女性の記者を多数採用しています。彼女たちは最初、地方局へ行って、サツ回りから始め、宿直もこなしています。毎日新聞で政治部長も社会部長にも、女性がなったことが報じられ、管理職も増えてきています。

男女問わず、新聞社は大組織ですから、整理部とか管理部門とか、記事を書く部門から外されることもあります。テレビ局でドキュメンタリーをつくりたいと思っても、アーカイブや事業部や、制作ではない部局に回されることもあります。しぶとい人はまた制作現場に戻る日を待ちますが、中にはフリーのジャーナリストになったり、独立してプロダクションをつくったり、フリーの監督になる人もいるようです。

男女雇用機会均等法前の女性たち

男女雇用機会均等法が施行されたのは、私が大学を卒業して約一〇年たった一九八六年。このまえ、町で飲食店を経営する方ですが、「短大卒でないと就職しにくいので、あえて短大を選び、大手広告会社に勤め、補助的業務をやらされた。翌年に男女雇用機会均等法の第一期の女性が大卒で入ってきた。彼女たちは総合職でどんどん重要な仕事を任されて、追い抜かれていく。それが悔しくて会社をやめました」ということでした。その気持ちはよくわかります。

先日、この均等法を制定した当時の労働省婦人少年局長、赤松良子さんと講演でご一緒する機会がありました。どんなにたいへんな思いで、この法案を提案し、根回しをし、通したのかを聞いて感激するとともに、もう一〇年早く法案が通っていれば、私も就職で門前払いをされることはなかったのに、と悔しくもなりました。赤松さんは私よりまだ二〇年も前に上級国家公務員試験に合格し、営々と働いてきた先輩です。たぶんそのころは官僚が、最も男女差別の少ない、女子に開かれた職場だったのかもしれません。

戦前は東京大学などの国立大学も高等文官試験（いまでいう国家公務員採用総合職試験）も女性には開かれていませんでした（ごく少数、東北大学が女性に博士号を出しています）。そして戦後、ＧＨＱ（連合国軍最高司令官総司令部）が日本国憲法に女性の地位向上と男女平等を書き込み、労働省の婦人少年局長に、戦前からの社会主義者だった山川菊栄を抜擢した。山川菊栄は社会主義者で、戦争協力をせずに戦争を生き延びた珍しい女性リーダーだった。それでＧＨＱが民主化路線を取っている時期に抜擢されたわけです。その後、まさか、社会主義者や市民活動家を突然、高位の官僚に抜擢するという話は聞いたことはありません。

その部下であった高橋展子《のぶ》さんは戦争未亡人でもありましたが、再婚もして、労働省退官後、デンマーク大使になっています。官庁でも女性たちがそれなりの地位に着くまでにはたいへんな戦いがあったはずです。

現在、企業は女性を採用で差別してはならず、昇進で差別してはならず、産前産後休暇、育児休暇も保障され、結婚退職、出産退職が強要されることはありえないのが建前となっており、違反する企業には罰則もあります。女性総合職といった、補助業務でない、男性と競争していくコースもできました。

しかし、その陰で、陰湿ないじめや、配置転換もあるようですし、産休を終えて会社に戻ったら自分の机がなかったという話も聞いたことがあります。総合職を選んだ人の中で、仕事も家庭も育児もと頑張りすぎて体や心を壊していく女性もいる。職場では差別されなくても、家庭では相変わらず、家事や育児は女性に多くの負担がかかってきます。いわゆる共働きなのにワンオペ育児になりがちです。

二、三年前、私立の医大受験において、現役の男子だけに下駄を履かせ（点数を加算し）、女性と浪人生には故意に低い点数をつけていたことが判明し、医大は対応に追われました。いまだにこんなことがあるのか。と思いながらも、少しまえまで同じことをしていた大新聞社が鬼の首でも取ったように、医科大学を批判するのは奇妙な感じでした。

都立高校では男女同数を募集するため、女子の合格最低点は男子のそれより数十点も高くなる高校が多いとNHKが報道しています。男女別でなく、男女混合で成績順に合格させるべきではないか。女性がそれほど優秀なのに、たとえば東京大学の女性合格者がようやく全体の二〇パーセントを超えたというのは、どこかで女性の力が削がれてしまうからとしか思えません。

就職試験に全敗した私は、伝手を求めて、東京藝大の声楽科の教授に歌を聞いてもらったことがあります。有名なオペラ歌手でもあるその方は「ソプラノのきれいな声をしていますね。でもせっかく早稲田の政経まで出たのに、今更、藝大を受け直すのはもったいないですよ。女性はこの先、結婚も出産も育児もありますし」とやんわりと説得されました。その先生にも男女の性別による役割分担がしみついていたのです。もしかすると、私に藝大に進むほどの歌の素質がないということを遠まわしにおっしゃったのかもしれませんが。

一つ上の世代

そのころ「強力なコネをもって内定していく友だち」に羨望と同時に、裏腹の反感をもっていましたが、いま思えば、世の中とはそんなに公平なものではない。運不運もあります。コネがないならつくればいい。自分で入りたい会社にアルバイトで入って人脈をつくるのもいいし、入りたい会社の人に「頼もう」といって話を聞くのでもいい。人のコネを羨んでいる前にすることはあるはずだ。

私の伯母、近藤富枝も苦労して作家になった人です。今度は彼女が私のことを心配しはじめました。彼女は大正一一（一九二二）年生まれで二〇一六年に九三歳で亡くなりましたが、勉強好きな人でした。東京女子大を戦中に卒業、最初、文部省で国語の教科書を作り、やがてNHKのアナウンサーになりました。もともと芝居に夢中で、演技や朗読が好きだったからです。終戦時には天皇の玉音放送をするスタジオの近くにいました。しかし戦争が終わって男性が職場に戻ってくると、銃後の職場を守った女性は退職することが通例だったそうです。

しかも結婚した夫は、陸軍士官学校を出た元軍人でした。優秀でも経済的な理由で大学には行けず、授業料も免除され、生活費も出る陸軍士官学校などに行く人は多かった。伯父もその一人で、敗戦とともに、将校なので公職追放にあい、その後、仕事がなかなか見つからず、夫婦で千葉で開拓農家をしたり、東京の下町で毛糸屋をやったりしました。さらに防衛庁防衛研究所戦史室に勤めた夫について転勤、その間子育てがあり、文学に夢をもちながらも果たせませんでした。

東京女子大で同級生だった瀬戸内晴美（現在の寂聴）さんが作家として有名になっていくのを横目に見ながら、伯母は国家公務員の夫の赴任地についていきました。昭和三〇年代、四〇代に入って、『週刊朝日』のエッセイの募集に応募してグランプリを取り、それから女性誌のライターになり、ついには学生時代の国文学専攻に戻って『永井荷風文がたみ』『本郷菊富士ホテル』『田端文士村』『馬込文学地図』などを書いて、五〇代から地味ながらいい仕事をし、最後は大学教員になりました。

その伯母が、私の就職が決まらないのを心配して、『主婦の友』『婦人生活』などライター時代の知り合いの編集者に引き合わせてくれました。会った人たちは、こちらの僻目《ひがめ》もあるかもしれませんが、みんな威張っていて、感じがよくなかった。「そう、じゃ、何か仕事があったらお願いするかもしれないわ」。そんなあやふやな話で、その後「お願い」が来たことは一度もありません。なんだか、原稿を売り込んでは返されていた林芙美子みたいな気分でした。

いま考えれば、何の資格もないし、文章が書けるかどうかもわからない女子学生に、手とり足とり教えながら仕事を発注しようとする親身な人なんかいるでしょうか。私のところにも編集者になりたい、資料助手に使って欲しい、文章を教えて欲しいという若い人が来ますが、長続きせず、その後、連絡もないことが多い。そのぐらい若者は気が変わりやすく、人に何かしてもらったことを恩に着ることはないのでしょう。私もそんな一人と思われたにちがいありません。

ともかく七〇年代は、まだ雑誌のタイトルに「主婦」「婦人」が多用されていた時代でした。これらの雑誌のほとんどが消えました。

当時の私には「これがしたい」というものがあったわけではなかった。そのうえ、たくさんの履歴書を返され、前向きでのんきな私ですら落ち込んで、コンプレックスを感ずるようになっていました。いまの言葉でいえば「メンタルやられた」状態でしょう。「大学の成績も悪いし、何の特技もない私を雇ってくれるところなんかありはしない」という負のスパイラルに落ち込みました。いわゆる「自尊感情の欠けた状態」です。


次の望みは好きな読書の回りの仕事、本が読める仕事に就《つ》ければと思いました。小説が書けるとは思わなかった。伯母が「文学は不幸から生まれるもの。あんたみたいに両親が揃って何不自由なく育った人は、逆さに振っても文学は出てこないよ」とことあるごとにいったからです。伯母は「小説家というものは、日本橋の上で裸で逆立ちする勇気のある人しか書けない」ともいいました（太宰治は作家志望だった野原一夫に「小説を書くというのは、日本橋のまんなかで素っ裸で仰向けに寝るようなもの」といったそうです）。それでいとも簡単に、私は小説家にはなれないものだと諦めました。これはマイナスの刷り込みで要注意です。

第二章　ＰＲ会社に潜り込み、出版社に転職

年も改まった一九七七年、いとこの友だちのおじさんが社長を務める銀座のオズマＰＲという会社に、か細いコネを頼りに訪問しました。筆記試験はなく、作文を書いて持って来いというのです。テーマがなんだったかも覚えていません。日曜日に会社に作文を持って行くと、休日出勤の社員がいて、「あ、そこに置いといて」といわれただけ。それは銀座でも一、二を争う古いビルではなかったか。とにかく私は採用され、卒業式のまえの三月一日から働きに行くことになりました。

銀座の土鳩のいるＰＲ会社で

ＰＲとは何かすら、知りませんでした。いまでもＰＲをプロパガンダの略だと思っている人や、広告宣伝と混同している人がいますがまちがいです。ＰＲはパブリック・リレーションズの略。お互いの関係を開かれたよいものにするのが目的、そのころアメリカから入ってきたばかりの手法でした。業界で最大手は電通ＰＲセンター。二番手のコスモ、共同などが、三〇人くらいの社員を抱えていました。私の社もそのくらいで、五つくらいのチームに分かれ、私と早稲田の歴史の大学院を出た同期採用のチエコは同じチームに配属されました。

広告は企業からのメッセージをデザインし、コピーライターと写真家、デザイナーが組んで、テレビや新聞、雑誌、ポスターなどの媒体に商品の宣伝を目的に作品をつくる。私が子どものころ、テレビでも「文明堂のカステラ」や「伊東のハトヤ」など連呼するテレビ広告がありましたが、もうああいう連呼は流行りません。もっと文化的な、もっと自由な広告を。アートとコマーシャルを組み合わせた広告業界では、アートディレクターの石岡瑛子さんやコピーライターの糸井重里さんなどが活躍していました。

PRは商品そのものを宣伝するのでなく、人間関係をよくする仕事です。それにはさまざまな手法がありました。入社して私が配属されたのは明治乳業と日立の担当。会社と消費者、地域住民、行政、同業他社などとのよき関係（パブリック・リレーションズ）をどうやって築けるだろうか。

明治乳業ならば、チーズやヨーグルトを使ったレシピを開発し、ニュースリリースなどの形で媒体に送り、掲載してもらえるように働きかける。その際、その会社のヨーグルトの写真などが載ると、たいへんPR効果があります。あれを買ってつくれば失敗しないと思われるからです。チーズやバターの保存方法などをわかりやすく解説したチラシやミニパンフレットを制作して配ることも大事でしょう。

また、会社直営の路面店を開き、製品を売ったり、その製品を使ったヨーグルトやアイスクリームのお店を経営もしていました。その開店のイベントを企画したり、商品構成を考え、メニューをデザインするのは楽しかった。こういうことすべてをチームリーダーのHさんが懇切に教えてくれました。いま思うと彼も当時は二〇代の終わりだったのです。もう一人、以前この会社にいた凄腕のフリーランスの女性Yさんもいろんなことを教えてくれました。彼女は某大学全共闘のマドンナだったとの噂でした。

地域住民に対しては、工場見学会や、調理教室、地元住民サービスのディスカウント・セールを行う。そうすると地域住民はその会社に好感をもってくれます。私が小学生のころ、野田のキッコーマン醬油の工場見学に行き、帰りにかわいい小さな醬油の瓶をお土産にもらいましたが、そんなことでキッコーマンに親近感をもちました。最近、信濃境で夏に一週間ほど合宿するたび、サントリーの白州蒸溜所に行って、ウイスキー工場の見学をし、帰りに試飲させてもらうのですが、ここも案内の人たちの感じがよくて、サントリーのファンになってしまいそうです。結局はボトルのウイスキーを買うことになるのですが。

また企業はその創業者の思いや理想、苦労など、その会社が何を社会に寄与してきたかをはっきりと伝えることが大事です。渋沢栄一に始まり、松下幸之助、井深大、豊田佐吉、本田宗一郎、そうした個性のはっきりして、好意をもたれている創業者のいる会社は強いです。

愛知県長久手市にはトヨタの創業以来の歴史を伝える博物館があり、ここも展示の質と係員の親切に感心します。同族会社がそのまま続いていく場合もあれば、別のたたき上げの社員が社長になることもありますが、会社の思い上がりや、緩み、油断、まちがった方向への商品開発、情報への疎さ、発信力のなさ、危機管理の拙劣は消費者に伝わって、ときに命取りになります。ことにSNSが発達してからは瞬時にこうした情報は伝わります。

消費者に対しても、行政を含む社会全般に対しても、いかに会社が衛生、品質管理などに努めているか、いまでいうコンプライアンス（法令遵守）を果たしているか、環境問題に取り組んでいるか、いまであれば女性が力を発揮できる企業になっているか、をアピールすることが必要です。

その企業で働く社員との関係も大切です。自分たちが社会的に認められている、社会に寄与する会社で働いている、満足できる待遇を社員として受けている、会社は社員を大事にしている、と社員が感じられるかどうか。しかし会社が不正義を働いている場合、消費者に情報を開示せず隠蔽している場合、社員が良心に従って内部告発するのは当然という社会になってほしいものです。

メディアとの良好な関係を育てるためには、新製品の発表会、メディアの記者たちを招いての試食会などを催します。こうして、メディアにその会社の製品のリリースが掲載されると、記事の大きさを広告換算して、それを成果として企業に伝えました。消費者は広告よりも、記事をより信頼するのが常だからです。発想や企画が大切で、手法が多彩なPRの仕事は、私にはピッタリでした。

一緒に入社した私たち二人は、社長の計らいで、当時、新しい考え方であったPRの講座に、会社の引けたあとに行かせてもらいました。研修費は社長が払ってくれた。シマ・クリエイティブハウスというところのアメリカ帰りの社長が講師を務め、PR先進国での実情を教えてくれました。

HEIBという仕事

それによると、アメリカの大企業ではヒーブ（HEIB＝ホーム・エコノミスト・イン・ビジネス）と名のつく女性が副社長（ヴァイス・プレジデント）くらいの重要なポストについて活躍している。当時、商品を実際に使うのは女性なのです。それまではアイロンも、牛乳も、食器も、紙おむつも、ベッドも、掃除機も、みな男性が開発していた。しかし開発競争に熱中するあまり、高機能ではあるが使いにくい製品、余分な機能ばかりついている製品、女性のライフスタイルに合っていない製品がつくられれば、売れ行きが悪いのは当然です。

そこで、各社、実際に使う主婦（ハウスキーパー）の声を聞いて、使いやすい商品を売り出すように努力しました。当時はまだまだアメリカでも妻が主婦として家事を専業にしていました。最初、主婦をモニターにして意見を聞いているだけでしたが、そのうち女性で家政学などを専攻し、暮らしに精通した主婦をホームエコノミストとして採用し、社内で商品テストを繰り返したり、商品開発にかかわらせるようになりました（いまなら男性も家事を分担しているので、彼らも生活用品についていろんな意見をもっているでしょう）。

一九七〇年代、日本はまだまだ性別役割分担の社会でした。私はアメリカとの違いに驚きました。しかし何事にも先駆者はいます。運もいいし、努力もした方たちです。そのころ、ヒーブの業界の動きといえば、元『婦人公論』編集長の三枝佐枝子さんがトップを務めるセゾングループの「商品科学研究所」であり、高島屋常務を務める石原一子さんが行った社内改革が挙げられるでしょう。また、戦後『暮しの手帖』を創刊し、グラフィックデザイナー、花森安治《はなもりやすじ》の協力を得て、あらゆる家電製品の使い勝手や耐久性を調べ、その結果を雑誌で公表した大橋鎮子さんの活動などにも、まさにホームエコノミストの観点が貫かれています。彼女たちが目立ったのは、いかにそういう女性が少なかったかの証ですが、何事にも突破口となる人は必要です。

二二歳でPR会社に入ったぺえぺえの私も、何かおもしろいことをやりたかった。単なる商品の宣伝ではないことを。上司も日立製作所と明治乳業が組めば、何かやれるのではないかということになりました。たとえば、乳製品には牛乳でもチーズでもヨーグルトでも、冷蔵庫で冷やしてください、賞味期限はどのくらい、と書いてあります。一方、冷蔵庫メーカーのほうでも乳製品は冷蔵庫のこの段に入れるのがいい、と書いてあるのですが、それが乳製品メーカーの出している情報と食い違う。これでは消費者は迷ってしまいます。

そこで機電研（機械電気製品研究所）というところに行って、冷蔵庫に乳製品を入れて、実際に実験してみました。また同時にたくさんの家の冷蔵庫内の様子を撮影し、いかに消費者が、乳製品メーカーや冷蔵庫メーカーの期待しないような問題のある冷やし方をしているかということを調べました。正しい冷やし方、保存の仕方をアドバイスするパンフレットを両社の協力でつくりました。研究所で初めてエンジニアという男性に会い、ステキだなあと思いました。

勉強のチャンスはどこにでも転がっている

ＰＲの仕事はおもしろく、いまでもやってみたいワクワクする仕事です。人間関係をよくするためには、さまざまな方法が取れ、飽きることがありません。

一方、実に地味な仕事もありました。それは会社の幹部に、その日の新聞から関連記事を切り抜いて届ける仕事でした。これはクリッピング・サービスといいます。キーワードで記事を切り抜いてくれる会社があったのです。

それを台紙に貼って、朝の九時ごろに京橋の明治乳業本社に持って行きます。コピー機を借りて幹部の数だけコピーし、ホッチキスで留めて配る。これは意外にたいへんな手仕事でした。コピー機のまえには社員の女性も並んでいるので、順番も待たなければなりません。

乳価、乳製品、生産者の動き、行政の動き、外国の動き、事故などの記事を幹部には読んでもらい、心得てもらうためです。それが何か問題が起きたときに機敏で的確な対応をもたらすのです。迅速な危機管理ができない会社は早晩つぶれます。のちに、雪印乳業の製品で死亡事故が出た二〇〇〇年の事件など、製造過程における細菌の管理ができていないことが明らかになりましたが、それに加えメディアや消費者への対応の遅さ、お粗末さが社会的に批判を浴び、信用を失いました。

同様に、消費者運動や住民運動が、乳製品メーカーをどう見ているか、ということを取材してレポートすることも必要でした。そのため、休日には、日消連（日本消費者連盟）や母親大会などの論議を聞きに行きました。そのころ、消費者は食品添加物や農薬の害に関心をもち始め、無添加や無農薬の食品への要求は高まりつつありました。薬害や反公害運動も起きていました。

私は、その運動の中心にいた高橋晄正さん、高木仁三郎さんなどの講演を聞きに行き、「この人たちのいうことのほうが正しい」と思うようになりました。たとえば、人間は人のお乳を飲むべきであり、牛のお乳を飲む必要はないのではないか。牛乳は完全食品として、明治以来、福沢諭吉などが奨励し、給食にも取り入れられてきたが、過度な乳製品の摂取はかえってアレルギーを生み出すのではないか。そんな疑問が心にきざし、私はもっとこういう問題を論議できる会社に移りたいと考え始めました。

社内のファッション担当の女性は、いつもおしゃれをして、媒体、クライアント、社内の男性を率いて夜中まで遊び回っていました。いろんな世界があるのです。一方、私の直属の上司のHさんは環境問題に関心が高く、仕事一筋、立派な人でした。私とチエコはよく彼におごってもらいましたが、あるとき、チエコが「たいへんよ」というんです。「何？」「Hさんに月給おろしてきてと頼まれたらさ、手取り二〇万もないの」「そら、おごってもらうわけにいかないね」。彼は私たちを部下として可愛がってくれましたが、女性としての扱いをされたことはありません。私はのちに結婚式の主賓に彼を招きました。

小さくてもおもしろい仕事の会社はある

とにかく、この会社で多くのことを学びました。

学生のときは、寄らば大樹の陰、有名な会社、大きな会社、給料のいい会社がよく見えるものですが、社会に出てみると小さな組織でもおもしろそうな仕事はいっぱいあります。たとえば、世界中の国が日本からの観光客を誘致するためにイタリア政府観光局とかスイス政府観光局といったオフィスをもっていることも知りました。この人たちの仕事もおもしろそうでした。

イタリアの魅力を雑誌のグラビアで取り上げてもらえるように働きかける。モニターツアーといって、オピニオンリーダーのような人たちに安くイタリア旅行をしてもらい、口コミで広める。イタリア旅行フェアや味覚フェアをデパートで企画する。そういうところで仕事をしている女性は言葉もでき、着ている服も垢抜け、ぽっと出の私には別世界の人のように見えました。

とにかく、会社勤めのスタートが銀座だったのはラッキーでした。八丁目にあるオフィスは古くて暗かったのですが、毎朝、京橋の明治乳業までタクシーで行くと一方通行などで時間がかかるので、地下鉄に乗るか、歩いて行きました。その途中のショーウインドウで、どれだけ流行というものに敏感になったでしょう。

ランチには、銀座周辺でイタリア料理、ドイツ料理、ブルガリア料理、スペイン料理、なんでもお手頃に楽しむことができました。仕事帰り、夏はまだ明るいうちに、阪急百貨店の屋上のビアホールでジョッキを傾けたり。同僚のチエコと本や映画、歴史や哲学の話をしたあの時間の楽しさはいまでも思い出します。いや、隣にはビヤホールライオンも、ピルゼンという老舗のビアホールもありました。京橋にはブリヂストンの美術館（現アーティゾン美術館）もあります。会社の隣はシャンソン喫茶・銀巴里。

オーディションを受けていた「銀巴里」に、今度は観客として通いました。美輪明宏や金子由香利の日は席が満席。歌手によってどうしてこうも違うのか。黒い飾り気のないロングドレスに身を包んだ金子由香利の登場する夜、一曲一曲に違う女のドラマがステージのスポットライトの下に映し出されるようでした。その銀巴里もいつしか消えてしまいました。

第三章　赤坂の出版社で編集の仕事を覚える

上司や同僚には恵まれていましたが、久しぶりに出版社の募集を見たので受けることにした。それが赤坂のアメリカ大使館のそばにあった、サイマル出版会です。同時通訳の会社サイマル・インターナショナルの姉妹会社で、主に国際政治や経済の翻訳ものを出版していました。アメリカのエリートたちのベトナム戦争をめぐる誤謬を描いたデイヴィッド・ハルバースタム『ベスト&ブライテスト』(一九七六年)が調査報道の金字塔としてよく売れていました。ニューヨーク・タイムス編『ベトナム秘密報告』(一九七二年)もあった。かと思うと韓国の反体制派の張俊河『石枕　韓民族への遺書』(一九七六年)も出していました。

五〇〇人くらいの応募者がいたと思いますが、運よく採用。もう一人はYさんという少し年上のまじめな男性でした。

最初のPR会社の給料はポッキリ一〇万円、残業代はなしでした(そのころの大卒の平均初任給は一〇万九五〇〇円)。しかし自宅通勤であればあのころ、それで十分、昼ごはんを食べ、夜はビアホールで飲んだり、日比谷で映画を観たりしても、やっていけたものです。給料は映画や銀巴里通いと本を買うのに消え、一月四万くらいの貯金もできました。同期入社のチエコは大学院を出ていましたが、大阪出身で、本郷に下宿していたからたいへんだったと思います。

面接で、給料はいくら欲しいか、と聞かれ、入りたい一心で「まえの会社より多ければいいです」といった。それで初任給は一〇万三〇〇〇円と決まりました。

PR会社はたった七ヶ月しか勤めない私に退職金など出すはずもなく、お餞別を一万円、紙封筒に入れてくれただけでした。それでチームの仲間と一緒に築地の「寿司清」に行って、どんちゃん騒ぎをしたらなくなってしまいました。いや、先輩たちが足りない分を出してくれたと思います。北海道大学を出たロマンチストの先輩は「より待遇の悪い会社に移って行くのは見たくないけど、待遇のいい会社に移るのはいいよ。やりたいことがもっとできるようになるといいね」と励ましてくれました。

一〇月一日土曜日に初出勤

PR会社は週休二日でしたが、出版社は土曜も半日は仕事がありました。金曜に送別会、次の土曜日、サイマル出版会の赤坂の第何森ビルかのきれいなオフィスに行くと、待っていた編集長が「森君、この原稿、出版することにはなっているんだけど、人手が足りなくて二年も寝ている。著者が怒っているんだ。月曜日までに赤を入れてきてくれ」といわれました。ということは明日の日曜日に、家で仕事をしろということなのか。

「赤を入れろ」とはどういう意味だ。ちんぷんかんぷんでした。

それで帰りに赤坂の本屋でダヴィッド社の『編集入門』を買い、あんちょこと首っ引きで赤を入れました。これは「朱を入れる」ともいいます。昔は作家は原稿用紙に筆やペンで書き、それに編集者が朱色の筆で、活字の大きさなどの指定をしたからです。やることといえば、改行の指定、誤字を直す、促音便（例：行った）をはっきり指定する、ルビ（ふりがな）を振る、難しすぎる漢字を開く、などです。この「開く」というのも業界用語で、「漸く」は「ようやく」、「殆ど」は「ほとんど」とひらがなにすることです。副詞まで漢字にすると「版面《はんづら》」（紙面）の見た目が黒々として読みにくいから。

その他、年号や数字の使い方、送りも統一する。たとえば、昭和三十九年とするのか三九年とするのか、それとも千九百六十四年とするのか、１９６４年とするのか。二十年か二〇年か、といったことですね。十を「とんぼ」と呼び、「とんぼを使うか使わないか」などといういい方もしました。

「送り」とは送り仮名のことで、行う、行なう、どっちを使うかです。上がる、上る、しかしこれは「あがる」とも読めるし、「あげる」「のぼる」とも読めるので、「上がる」としたほうが誤解がありません。「下る」も「おりる」「くだる」と両方読めます。「取り組み」とするか、「取組」「取組み」「とり組み」「取りくみ」、好き嫌いもあります（まあ私は自著では、必ずしも厳密な統一はしなくてよいという立場です）。専門用語は新鮮な感じがして、編集のプロフェッショナルの入り口に立ったような気がして身が引き締まりました。

本はハードカバーといわれる上製とソフトカバーといわれる並製があります。どちらにするかで、制作費が違い、定価にはね返ります。そして本には「表紙」があり、カバーがかかっています。そのデザインを「装幀」といいます。中を開くと「本文表紙《ほんもん》」があって「目次」がある。本文は章ごとに「扉」を立てる場合と、「改ページ」で済ます場合がある。章タイトルを「何行どり」にするかを決める。

あまり改行がないと、読みにくいので、ときどき、話が変わったところで改行にします。小説ではしませんが、ノンフィクションや実用書ではたまに「小見出し」を入れて、そこで何が語られているのかを要約する。これは主に忙しい時代の読者のためです。本当なら、読者が自分で要約し、そこに書き込むのがいいのですが。明治時代の本にはこの、小見出しの代わりに、本文の上に飛び出して「毫頭《ごうとう》」という見出しのようなものが付いていました。

ページを示す数字を「ノンブル」と、なぜかフランス語でいいます。章タイトルをノンブルの横や本文の上のところにつけるのは「柱」といいます。本の上のほうを「天」、下を「地」という。本を開いたときに真ん中を「のど」、手でもつところを「小口」という。製本するときに背にはさむ布を「花ぎれ」、しおりの紐は「スピン」という。本文が終わると年表や索引、参考文献という「付き物」になり、最後に付くのが「奥付」。そこにタイトル、著者名、発行社（者）名、印刷所名、発行年月日などが記載される。

専門用語が飲み込めていないと、編集者同士、制作やデザイナー、印刷会社とのやりとりができません。新しい言葉を覚えるのはワクワクするものだし、何か知的な作業にかかわっているようで私ははりきりました。土曜の夜から日曜日一日かけてすべて赤を入れ、月曜にそれを持って行くと、編集長はちょっと感心したらしいけど、平静な顔をして「じゃあ、これ、どこの印刷所に入れるかな」といい、組み版の仕様書を書くように、と指図しました。

「仕様書って何ですか」

「まえのを見てつくれよ」と何も教えてくれない。

この会社では、Ａ４の紙に、本のタイトル（仮タイトルの場合も）、著者、およそ何ページか、組み、つまり活字の大きさと書体、縦の文字数、横の行数などを書いて印刷会社にわたしていました。これによって一ページに何字入るかが決まり、何ページの本になるかがおよそ決まるのでした。以下、そのことを説明します。

原稿はそのころまだ手書きの時代で、鉛筆とか、万年筆で原稿用紙に書かれていました。原稿用紙はたいてい二〇〇字詰めか四〇〇字詰めで、おおよその全体の文字数が出ます。たとえば四〇〇字詰めで三〇〇枚あればおよそ一二万字、それを一ページに入る文字の数で割れば作るべき本のページ数が出るわけです。しかしそれには「章タイトル、小見出し」や図版、写真などの分を加えなければなりません。これは経験による勘で、一・一五増し、一・二増しとかやっていました。

また印刷機はいちどきに表裏で三二ページまで刷れるので、ページ数は三二とか一六の倍数であればロスが少ない。これを台割表というのに書くと、印刷機何台分で刷れます、ということがわかります。

一九七七年の秋、いまから四四年前は、ようやく活版印刷から写植印刷に変わる変革のときでした。新米社員の私を編集長が、板橋の凸版印刷の工場見学に連れて行ってくれました。びっくりしました。本ってこうやってできるのか。そこにはまだ活版の現場がありました。

金属の活字を男性の文選工が拾います。それを薄い箱に並べ、行間などに「インテル」といわれるスペースの金属を入れて周りを紐で縛ります（結束）。凸状部分にインキを付けて紙に押したものをゲラ刷りといい、著者や校正者が校正をします。赤字を入れると、直すためには一度、結束した紐を解き、活字を拾い直さなければなりません。本当にたいへんな作業なのです。

それを思うと、赤字が入れにくくなるので、編集者は活字組みの現場を見ないほうがいいとさえいわれていました。本がよく売れた時代、何度も刷って版を重ねると、活字が磨り減ったり欠けたりしました。古典となった名著の文庫などを見るとそういう欠け字をよく見かけたものです。ロングセラーが期待できたころでした。「出版は不況知らず」ともいわれていました。

印刷の技術革新に立ち会って

活字の時代は、初号、一号、二号というふうに数が小さいほうが活字は大きい。活字から写植のオフセット印刷に変わり、写真植字は主に女性のオペレーターの仕事になりました。写植は反対に7ポイントより9ポイントのほうが大きいのです。なんだか剣道や柔道の級と段みたいです。

先回りしていうと、写真植字から次はコンピューター植字の時代になり、著者はワープロで書いた原稿のフロッピー提出を求められるようになりました。最初、一冊分の原稿がすべてこの一枚のフロッピーに入っていると聞いてびっくりしたのを覚えています。しかしさらにワープロからパソコンの時代になり、誰も原稿を書くのにフロッピーなんか使っていません。一冊分の原稿は、ワードの添付ファイル一つですみます。

私は機械が苦手なので、「自分がワープロなんか使いこなせる日は一生来っこない」と思っていました。たしかに一九九五、六年、四〇歳くらいまでは万年筆で手書きでした。そのころ、毎日新聞の書評委員をご一緒したイタリア文学者の須賀敦子さんに「まゆみちゃん、あなたは先が長いんだからね、ワープロくらい覚えなさいよ。私の一台、あげようか」といわれたのを覚えています。英語、フランス語、イタリア語に堪能な須賀さんは元々、アルファベットで文字を打つ、タイプライターを長らく使ってきた人でした。タイプライターで有名なイタリアのオリベッティ社のPR誌に連載していたのが最初の作品『ミラノ 霧の風景』(一九九〇年)です。

私も学生時代にお金を貯めて、オリベッティの赤いタイプライターも買っていました。リリアン・ヘルマンの自伝的な映画『ジュリア』（一九七七年）で、リリアン役のジェーン・フォンダがタバコをくわえながら原稿をタイプするシーンはかっこよかった。もともとアルファベットを打つことはできたのです。出版社時代、夕方になると時差のせいでテレックスの料金が安くなるので、外国の出版社と版権交渉をしていました。

ですが一九八五年ごろ、原稿を頼まれるようになってから、ずっと鉛筆や万年筆で原稿を書いてきました。最初のパソコンを買ったのは二〇〇三年くらい。いまは私は何台目かのマックを使って仕事をしています。ワードもエクセルも使えます。しかし、液晶画面のまえに一日座っているので、目が相当弱くなりました。パソコンにはブルーライトよけのシールを貼り、できたらブルーライトよけのメガネをかけることをお勧めします。

このように、活字から写植、そしてコンピューター植字へ、また書く道具も万年筆からワープロ、パソコンへ、まさに技術革新の変わり目に立ち会ったといえます。

編集者という仕事

最初にサイマル出版会でつくった本は、通信社に勤める特派員の紛争地帯レバノンからの現地報告でした。表紙に使うポスターにアラビア語が載っていました。社長は「ここに何と書いてあるのか聞いてこい。パレスチナとイスラエルの歴史的合意の時代に、万が一、奴らを殺せとか、物騒なことが書いてあったら、たいへんなことになる」というのです。

アラブのどの国だったか、おそらくサウジアラビア大使館に行って、アラビア語を読んでもらいました。親切に教えていただき、特に問題はなかったのですが、いまでもヨーロッパで「馬鹿」とか「殺」とかいう日本語が背中に大きく書いてあるTシャツを着ている人を見ると、あのときのことを思い出し、ひやっとします。

ゲラが届き、「印刷所から一束《ひとたば》出てきました」と上司に報告すると、「ほうれん草じゃあるまいし、一括《いっかつ》というんだ」と叱られました。それを赤いボールペンで校正します。もちろん、社内には専門の校正者がいて、きちんと見てくれますが、担当編集者も読むのです。そんな風に一つ一つを覚えて、装幀を相談し、どうにか一冊つくりました。虎ノ門にある共同通信記者の著者はいい方で、ゲラの受け渡しは両方の会社に近いホテルオークラのロビーかバー。二三、四歳のぽっと出の女の子が、そんなところに出入りして、夢のようでした。

ある土曜の午後、ドタ靴を履いて、地味な格好の私がオークラのロビーで著者を待っていると、高校の同級生があでやかなロングドレスを着て現れました。

「あら、モリベ、何してるの？」

「仕事の打ち合わせで著者を待っているところ。あなたは？」

「うん、お友だちの結婚式で、主人ときたところ」

そのころは二四日のクリスマスケーキというジンクスがあって、二四歳までに結婚しないと売れ残るといわれていました。彼女は慶應を出ると早々にどこかの御曹司とゴールイン。大学を出ても、就職もせずに、というか就職口がないんですから、専業奥様になる人がそのころは多かったのです。

結局その人は四〇代で離婚し、それから食べていく仕事を見つけるためにたいへんな思いをしたようです。大企業初の海外駐在員に選ばれた同級生も結局、結婚退職して家庭に入り、クラス会で子ども自慢に興じていました。あのころ、外資系はそれほど差別がないと、政経の同期でバンク・オブ・アメリカに勤めた人もいました。

フランス系の銀行に勤めた友だちの勤め先を訪問すると、窓口業務をしていました。哲学の大学院を出た友だちは、女性誌の編集部で、編み物のバッテンばかり書くのが嫌になってやめました。大手の出版社に入れたけれど、回されたのは漫画雑誌で、自分よりずっと若い漫画家を「先生」と持ち上げて原稿を取りに行くのが苦痛で退職した人もいました。

それに比べると、私の就職した出版社は小さくて待遇はよくありませんが、国際政治や社会問題を扱い、まったく違う部署に回される心配はありません。問題は「出版界の風雲児」とか「鬼才」といわれた社長がワンマンであることでした。最初の本の時にも、著者が私にご飯をご馳走してくれるのすら、社長の許可がいりました。女子社員は自分の所有物のように思っているのです。

社長と一緒にエレベーターに乗ると抱きついてくる、キスしようとする、と女子社員の中では有名でした。私も同様の目にあったことがあります。まだセクハラという言葉もないころで、どう対処すべきかわかりません。拒否すれば、やっと入れた会社をクビになるかもしれません。上司も同僚男性も見て見ぬふりです。

退社したあとですが、朝日新聞の取材を受け、その一端が記事になった。「働く女性のたいへんさ」を聞きたいというので取材をOKしたのですが、記事は「性的嫌がらせ」だけにフォーカスされていました。匿名でしたが、私は毎日、報復を恐れ、ビクビクして暮らしました。幸い、元の同僚の女性たちが「いざとなったら私も証言するから」と励ましの電話をくれました。

編集長はこうした社長の所業を知っていたと思いますが、パワハラの恐怖支配で何も言えなかったのだと思います。彼は別のことをいいました。「特定の著者と仲良くなると、色眼鏡で見られるぞ。出版社は女子社員を作家の愛人にして利用するからな」「なんとか番」で固定すると、他の作家の仕事はできなくなるといって、その頃のベストセラー作家の名前を挙げました。その作家は各社の編集者に手を出しているということでした。

これは適切な忠告だったのかもしれません。いまでも作家が若くてきれいな女性編集者をちやほやしたり、気のあるようなそぶりをするのを見ます。家庭をもつ上司と夜遅くまで共同作業をしているうちに愛人関係になってしまう人もいます。

テレビ局のディレクターや新聞記者の女性も、初任地でその土地の有力者のおじさんたちに可愛がられ、あちこち連れ回されているのを見ます。危ういなあ、と心配です。もてはやされるのは一時のこと。結局は努力して知識と技術を身につけた人しか生き残っていけないのがこの世界です。

私が担当した最初の本は、幸い、いい書評が出ました。でも最後に「誤植が多いのが気になる」と書いてあった。それでヒステリーの社長は激怒して、私に「何やってるんだ」と灰皿と鉛筆を投げつけました。「新人に何も教えないくせによくいうよ」と飛んでくる灰皿を避けながら反発を抑えることができませんでした。社長は機嫌のいいときは「森君、筑摩に行かなくてよかったね。今頃無職だよ」といい、一年で私の給料は三回上がりました。新卒のとき、受験した憧れの筑摩書房は一九七八年七月に倒産し、大きく報道されていました。その後、立派に建て直され、私はその「憧れの会社」から何冊も本を出していただいています。

「私も英語が話せなかった」

たしかにそれだけ仕事をしたと思います。一年に一〇冊くらいはつくりました。社長秘書にも抜擢されました。秘書というのは女性向きの補助業務のような印象をもっていましたが、ワンマン社長のこの会社ではアメリカ方式で、秘書は社長の次に偉いのでした。秘書は三人いて、一人はICUを出て同時通訳並みに英語ができる女性、もう一人は上智大学卒、同じく英語がよくできる女性、私はコンプレックスに苛まれました。いま、お二人はそれぞれ翻訳家と大学教員として活躍されています。

高校まで英語は好きで、成績もよかったのですが、大学ではろくな語学教育はありませんでした。帰国子女でもなし、外国に行ったことも暮らしたこともない。そんなに英語が話せるわけはありません。会社は同名の同時通訳会社の姉妹会社でした。同じビルの下の階にある本社のトップの村松増美さんにしても、占領期にＧＨＱで働いて覚えた英語の達人でした。サミット（主要国首脳会議）の通訳として知られた村松さんが大事な国際会議の前日、大好きなスキーをしに北海道に行って吹雪で帰って来られなくなったときは社を挙げて大騒ぎになりました。

私の入ったころ、三菱商事広報室『時差は金なり』（一九七七年）という本がベストセラーだったのですが、「タイトル勝ち」でもあると思います。たしかに当時、商社の仕事に光が当たっていましたが、タイトルがよくないと本は売れません。私は社長命令で、同時通訳の村松さんがあちこちに書かれた随筆を切り貼りして、一冊の本にまとめ上げました。それが『私も英語が話せなかった』（一九七八年）のタイトルで二〇万部のベストセラーになり、社長は大喜びでしたが、一編集者の私には特にいいことはありませんでした。

社長はもともと青森の師範学校を出て、小学校の先生をしながら、左翼運動にかかわっていました。東大の有名なポポロ事件などにも関係していたといいます。左翼のネットワークもありました。弘文堂という学術出版社で編集者となり、ベストセラーを編集し、独立して会社を起こしたわけです。当初は反体制の本が多かったのに、本社が政府の国際会議の通訳をしていたこともあり、徐々に政府・省庁系の人脈が強くなり、財界ともつながりができて、出すものが体制寄りになっていきました。

しかし完璧な能力主義だったので、使えるとなると、若造でも小娘でもなんでもさせました。それは社長の個人的評価で公平かどうかは怪しいものです。秘書としての私の役割は、ワシントン・ポストやニューヨーク・タイムズのブックレビュー（書評）をチェックして、おもしろそうな本を探すこと。版権交渉というのはそのころ、日本ユニ・エージェンシーとか栗田・板東事務所などのエージェントが間に入ってくれました。おもしろそうだ、売れそうだな、と思う本が出ると、うちで出したいというオファー（申し出）を出します。

そのときにアドバンス（手付金）やフィー（印税）を申し出ます。売れそうなものほどもちろん条件は高い。競争もあります。まさに「時差は金なり」、インターネットはない時代、テレックスでやり取りします。ま、それはほとんど英語の得意な第一秘書の仕事でした。

翻訳家でもあった女性が、社運をかけて『ハリー・ポッター』の版権を獲得、自ら訳して日本で超ベストセラーになったのは記憶に新しいところです。また版権を直に売りに外国人が来たこともあります。金髪ですらりとしたアメリカ人女性がビジネススーツに身を固め、アタッシュケースから次々、売り込みたい作家のファイルを出して見せたときはあまりにスタイリッシュなので呆然としました。ここはマンハッタンかと錯覚しました。

「キャリア・ウーマン」

社に持ち込まれる原稿の判断材料を一枚の紙にまとめる仕事もしました。何百枚もの原稿を読んで、テーマは何か、それはいま、社会にとってどんな意味をもつか。類書はないか。著者はいままでどんな仕事をしてきたか。文章はこなれているか。どのくらいの部数が見込めるか。などを簡単にまとめて社長に判断を促すのです。また、なぜか社から出る本のタイトル、キャッチフレーズ、広告のリードなども私が原案をつくったり、深夜に及ぶ幹部の会議にも出ました。

広告会社で成功した女性社長が持ち込んできた企画は学術書で、『マネージリアル・ウーマン』という原題でした。女性はどうしたら会社経営者として成功できるかという学術的レポートで、出すことに決めたものの、書名が「経営者としての女性」ではあまりに固すぎます。みんなで考えました。そのころ、CMで「キャリア・ガール」というのがありました。これはどうかな。今の若い人は知らないでしょうが、昔、企業で女性が働きだした頃はOG、オフィスガールといわれたものです。最初はスチュワーデスと同じく、斬新なひびきをもっていましたが、やがて「腰掛け」「寿退社」というイメージに変わっていきました。

オフィスガールは働く女性をバカにしているというので、次にはOL、オフィスレディーと呼ぶことになった。これも男女差別的です。オフィス・ジェントルマンとは言わないわけですから。対語がない。ちょうどそのころ、一九七七年頃は、一〇年前の学園紛争を経験した世代が三〇代になって、ウーマンリブの高潮期でした。アメリカではファミニズムの早い時期の著作が出始めています。

ベティ・フリーダン『ザ・フェミニン・ミスティク』(新しい女性の創造／一九六五年／増補版一九七七年)やケイト・ミレット『性の政治学』(一九七三年)なども翻訳され、前者は私も無理してペーパーバックで読みました。消防士もファイヤマンでなく、ファイヤーパーソンとすべきだ。議長もチェアマンでなく、チェアパーソンとすべきだ、といった議論がありました。

それで『マネージリアル・ウーマン』は私の担当ではなかったのですが、「キャリア・

ガールじゃ補助業務みたいだし、キャリア・ウーマンにしたらどうでしょう」と提案して、それがいい、ということになりました。

この本はベストセラーとなり、キャリア・ウーマンという言葉はその後、普通名詞となって広まりました。でも私はその持ち込んだ女性社長の、豪華な衣装やバッグのブルジョア趣味に反感を感じました。一度は社長室で彼女が落としたイヤリングを、部屋をずっとはいつくばって探させられました。そして、彼女が帰ると社長はいうのでした。「彼女の後ろ盾は○○銀行の会長だからな」と。事実は知りませんが、女性が頑張ると当時は必ず「成功の陰に男あり」のようなことをいわれたものです。

初めてのヨーロッパ旅行

もう一つ忘れられない経験は、ピュリッツァー賞の受賞者でもあるジャーナリスト、ウィルフレッド・バーチェット『立ち上がる南部アフリカ』（一九七八年）をアンゴラ編とモザンビーク編と二冊出したことです。大学時代から南北問題や植民地問題に関心があったので、やりがいはあった。私はアフリカの政治や社会について、自分で勉強してノートをつくりました。

いまみたいにインターネット上に情報があるわけではなく、ウィキペディアなどでアウトラインを掴むこともできません。新聞記事を切り抜き、図書館に通ってアフリカ問題の本を探しましたが、ほとんどありませんでした。知らないことばかりです。アパルトヘイト（人種隔離政策）の問題もこのとき、初めてくわしく知りました。

訳者は吉川勇一さん、べ平連（「ベトナムに平和を！市民連合」）の事務局長をなさった方でした。ツルツルの頭に帽子をかぶって、ヨレヨレの布カバンの中から辞書を出したりする吉川さんとは気が合ったのです。代々木ゼミナールで受験生に英語などを教えながら社会活動を行っており、あるときにゲラをもらいに行くと、講師控え室で、「もう少しすると小田実《まこと》が戻ってくるから。紹介しますよ」といわれました。

私は高校時代に『何でも見てやろう』（一九六一年）と『小田実全仕事』（一九七〇～七一年）を読んでいて、ファンではありました。でも、女性にモテる噂も聞いていたし、女性に関心が深いことは著作からも読み取れましたので、編集長の忠告を思い出し、「今日はまだ他の仕事があって」とご辞退しました。ちょっと残念だったと思います。それからは人と会うチャンスは逃さないようにしています。

そういえば一九七七年の暮れからお正月に、さっそく会社勤めに耐えられなくなった私は数次旅券（当時五年とか一〇年パスポートというものはなかった）をとって、初めてヨーロッパに行きました。それはイタリア観光局のモニターツアー。新聞の広告で見つけたのですが、一四万円でイタリアに一週間行けるという、考えられない安さでした。しかもあと三万出すとギリシアにも三泊できるというのです。

行ってみるとアリタリア航空の南回りで、しかも乗務員のストライキで片道三〇時間近くかかるとんでもないツアーでした。それでもバンコク、マドラス、テヘランなどで、給油のため、いったん飛行機から降ろされて見た青白い空港の照明と不思議な香辛料の匂いを忘れません。

ターバンを巻いた人や、白い長い服を着て髭を生やした人を見ただけで異国に来た実感がわきました。ついたイタリアは冬で日が暮れるのが早く、寒く、石畳の夜は暗く、毎日毎日スパゲッティ。ギリシアではムサカで胸が焼け、脂ぎったものに吐き気がして、同行の用意のいいおばさまに梅干しとインスタントの味噌汁をもらいました。あれからヨーロッパに二〇回は行っていますが、春から秋にしています。

私はナポリまでバスで行く途中、イタリア共産党の機関紙『ウニタ』を買いました。学生時代はより変革に痛みの少ないユーロコミュニズムに惹かれており、そのスターが「赤い公爵」といわれたイタリア共産党書記長エンリコ・ベルリングゲルだったからです。それとギリシアのホテルで毎朝出た真っ赤なオレンジジュースのおいしかったこと。スニオン岬から見た夕陽も、かつてから憧れていた『古代への情熱』の著者シュリーマンが発見したクレタ島の遺跡にもいまだに強い印象が残っており、行ってよかったと思います。

英語で電話をかけるビクビク

そのころは変動相場制になって、ドルは一ドルが二四〇円くらい、すぐあとに行った同僚のころは一ドル一七〇円にまで暴落しており、たくさんお土産を買ってきてくれましたから、外国へ行きやすくなった時代でした。しかし『立ち上がる南部アフリカ』の訳者、吉川さんが「僕は絶対成田からは行かない」といっていらしたのを覚えています。そのころ、成田の農民の土地を収奪して成田空港を建設することに大きな反対闘争がありました。『立ち上がる南部アフリカ』ではアフリカの名前や地名を日本語にするのが苦労でした。結局、ンゴンゴといった表記になりました。私はこの本をつくってから三〇年後に、ジャスミン革命のまえのチュニジアを皮切りに、ウガンダやモロッコ、エチオピアなどアフリカの国々に何度も足を伸ばすことができました。

他にもレオン・フリードマン他『荒れる法廷』（原題は『ディスオーダー・イン・ザ・コート』／一九七八年）や李星可『毛沢東は死んだか』（中国四人組の本／一九七八年）など、いろんな本をつくりましたが、私はいつも本一冊にノートを必ず一冊はつくりました。編集長が笑って「そこまですることはないさ。そもそもこの本の売り上げで君の給料なんか出ないんだから」といったのも覚えています。そのころの私は清新の気に燃えてなんでも吸収したいのでした。

あるとき、私がアメリカ人の大学教授に電話しているのを見て、編集長は「森君はあんまり英語ができないんだな」と笑いました。たしかに、ＩＣＵや上智とは違い特に外国語に力を入れているとは思えない大学で、会話の授業もないのに、急にアメリカ人の大学教授に電話しろといわれても困ります。顔が見えずボディランゲージが使えない分、英語での電話は苦手でした。それに著者が寝ているのか、起きているのか、食事中なのか、愛しあっている最中なのかすらわからないのに、電話をするのは日本語でも臆するものです。これもメールになって随分、楽になりました。

一方、誤訳を発見するのは得意でした。日本語として通らない、おかしいなというところは、原文に当たると大体、訳がまちがっています。友達に「何の仕事をしているの？」

と聞かれると「横のものを縦にしている」なんていっていたけど。二三、四歳の小娘としてはなかなか、いろんな経験をしたと思います。

国際会議に参加して同時通訳を聞くと、上手な人もいたけれど、この程度でものすごいカネを取るのか、とびっくり。名詞は全部横文字のまま、てにをはだけでつないだような通訳ってあるでしょうか？　また英語はできても日本語がなっていない人、内容を理解していない人、同じ同時通訳でも本当にスキルに差がありました。いま思い出したのですが、ロシア語の達人、米原万里さんにお会いしたとき、政府の同時通訳は守秘義務の誓約書を取られると聞きました。「日本政府のもっている情報なんて、秘密でもなんでもない、誰でも知ってるようなことなのにね」と米原さんは笑っていました。

かと思うと、経団連会館にシンガポールの李光耀《リー・クアンユー》首相（当時）の講演を聞きに行ったこともあります。アメリカの軍事評論家、ハーマン・カーン氏が社を訪ねてこられたので、社長との夕食にご相伴したこともあります。そういうときはだいたい日本自転車会館の地下にあった「ざくろ」という店でした。

モンタナ州選出の上院議員で、知日家として知られた駐日大使マイク・マンスフィールド氏の本もつくりました。アメリカ大使館は会社から歩いて三分ほど。できあがった本を持って行くと、大使には会えませんでしたが、秘書官みたいな人が出てきて、にっこり笑って、握手を求められました。本をパラパラ開いて眺めて（日本語なので読めなかったでしょうけど）、閉じると「ウェル・ダン！」と繰り返しました。ドキドキしていた私はその簡単な英語の意味もぼーっとしてよくわからず、厳重な警戒の金属の門を出てから「やったー」と思いました。訳者はアメリカ通の共同通信記者で、赤坂の楼外楼で中華そばをおごってくださいました。おいしかった！

日本では低い編集者のステイタス

ブックレビューは欧米では大事な仕事として尊重されています。第一、編集者というのは、日本では作家にくっついて歩き、接待して本を書いてもらう人みたいなイメージです。日本では昔の作家の交友録などの写真に「一人置いて誰それ」というのがありました。一人置いての一人というのが編集者、作家をおだて上げて原稿をもらう職業程度に思われています。これに対し外国ではエディターの権威は高い。ホテルに泊まって、職業欄にエディターと書くと、よい待遇を受けられると聞きました。

須賀敦子さんの本に出てくるイタリアのエディターたちは高度の知的活動者で、権威があるように思えます。持ち込まれる原稿の最初の読者になり、採否を決める威厳のある編集者が登場します。原稿を依頼し、その最初の読者となり、もっと本をよくするためにアドバイスをし、まちがいを直し、入稿してゲラをチェックし、どんなタイトルをつけるか、どんな装幀にするかも考え、刊行後は売れるように営業や書評対策をし、フェアや作家のトークなどのプロモーションをしなければなりません。

社長は元左翼なはずですが、社員には労働組合をつくらせず、低い給料のまま仕事のうえでは同志愛だけを要求するのでした。一度、晩聲社というユニークなノンフィクションを出す出版社社長の和多田進さんが社に遊びに来たら、「これはうちの社にいたけど組合活動をしてクビになった男だ」とみんなに紹介する始末です。

社長と女性の常務は二人で午後の三時過ぎに現れました。勤務時間は九時半から六時までですが、社長が現れてから会社は動き出すので、終電を逃すこともよくありました。それなのに残業代も出ないし（これは明らかに法律違反ですが）、タクシーを呼んでくれるわけでもない。夜中の三時に若い女性にどうやって帰れというのか。

終電に間に合わず、深夜に赤坂から家まで歩いて帰りました。本郷まで来てへたばり、車が寄ってきて「お近くならお送りしましょうか」といわれたとき、ついフラフラと助手席に乗り込んでしまいました。家の近くまで送ってくれましたが、「知らない男の車に乗り込むなんていけませんよ。僕だからよかったけど」とこっぴどく叱られました。

午前中はサボって赤坂を散歩

だから午後に社長が来るまでは勉強の時間。監視はないので、書庫に入って、本は読み放題。これはそのころ大学のゼミの先輩で、朝日新聞社出版局におられた山田豊さんに、会社の労働条件のひどさを訴えたところ、「とにかく編集者は広く物事を知りアンテナを張らなくてはならない。デスクワークしている時間は放電中と思いなさい。外へ出かけて充電しなければいい企画も思いつきません」といわれたからです。

それで、朝九時半のタイムカードを押したら、赤坂あたりを散歩しました。再開発が始まるまえで、三浦友和さん、山口百恵さんが結婚式を挙げた霊南坂教会もお屋敷群もまだありました。

会社は溜池ですが、お昼には赤坂見附まで毎日散歩に繰り出しました。赤坂ではまだ花柳界が盛んで、裏のほうには政治家たちの黒塗りの車が止まる門構えの料亭があり、人力車に乗った芸者さんの姿を見ることもありました。外国人の多い国際的な町で、TBSの地下のカレーライスの「トップス」でランチ、やケーキの「しろたえ」でお茶、同僚と話しました。会社の前にはドイツ料理のビアホールがあり、帰りも結構遊べました。「飛騨良速」といったか、細い縮れ麵のおいしいラーメン屋は忘れがたい。

夕方、会社から早く帰るにはどうしたらいいだろう。私は社長に「アテネ・フランセの夜学に行くので週三回は早く帰りたい」と申し出ました。またそのころ、ベートーベンの第九の合唱団にも入ったので、その練習に行きますと残業を拒否しました。こんなことまでいちいち社長に報告しておうかがいをたてる決まりでした。社員の入れ替わりは激しく、みんな被害者同盟みたいで、社員同士は退社後もスキーやハイキングに行って仲がよかったものです。

最後のころ、『吉田ルイ子のアメリカ』（一九八〇年）という本をつくりました。コロンビア大学大学院でジャーナリズムを研究、当時、黒人が多く住んでいたハーレムに住んで、彼らの生活を写した写真家の吉田ルイ子さんはとても自由でまぶしく見えました。肌をこんがり焼き、アフリカの人みたいな極彩色の不思議なファッションで、踊るように東京の町を歩いていました。

彼女の言葉で思い出すのは、「ボーナスのシーズンはフリーランスは憂鬱よ」という言葉。彼女の作品をもとに映画ができたとき、ジャネット八田が吉田さんの役で主演しましたが、「あんな背の高い美女がハーレムにいたら目立ちすぎる。私みたいな色黒のチビだからいられたのよ」という言葉です。

筑紫哲也さんの本

同じころ、朝日のワシントン特派員から帰ってきて、テレビ朝日系列の日曜日の夕方の報道番組「こちらデスク」のキャスターになられた筑紫哲也さんの本を担当しました。四〇代の筑紫さんは髪の毛も黒々と、サファリジャケットを羽織って、颯爽と見えました。彼が「こちらデスク」のキャスターになったとき、スタジオのデスクには削って尖った鉛筆がたくさん入ったペンスタンドが置いてありました。2Bの鉛筆はジャーナリストの象徴でした。新聞記者がキャスターとなり、ニュースを解説する先駆けの番組を筑紫さんは担当し、彼のルックスも相まって、ファンは増えていきました。

そのころ、新聞記者は小ぶりのメモ用紙に鉛筆の大きな字で取材メモを取り、それをわら半紙の原稿用紙に書いて推敲のうえ、電話で送稿していました。新聞社の現場も見たことがありますが、送稿すると、それをデスクが直した原稿がそのまま鉛の活字になって出てくる機械があり、それを組んで新聞の紙面がつくられていた時代です。

筑紫さんから持ち込まれた本は『朝日ジャーナル』に連載されたニクソンがウォーターゲート事件で権力を失うまでの経緯を扱ったものでした。出張は絶えず、海外から電話であとがきを送稿してもらいました。「どうぞ」と次を促すと、「え、もう書けたの?」と字を書くのが早いので驚いていました。そして帰国後、筑紫さんは、自分の送った原稿がまちがいなくゲラになっているのを見て、また驚いたようでした。

筑紫さんは我が社の女性たちにも大人気でした。「ゲラを誰かご自宅へ届けてくれませんか」というと営業部の若い女性がみんな「私が行きます」と立ち上がる。筑紫さんは魅力のある男性でしたが、へそ曲がりの私は、「井川一久さんは本を書く予定はないのでしょうか」と筑紫さんに聞いたりしました。

やはり朝日の記者だった井川さんの署名の入ったカンボジア通信を新聞でたいへん興味深く読んでいたからです。花形のワシントンやパリ特派員より、アフリカや東南アジア、ラテンアメリカからの情報は少なく、興味がありました。筑紫さんは「彼は天性のジャーナリスト、記事は書いても本は書かないでしょう」と穏やかに笑いました。普通、作家でもジャーナリストでも、自分でなく他の人を褒められれば気分を害するものですが、筑紫さんは人柄のいい方でした。私は筑紫さんの本『放逐』を完成させないで退社したので、あとを仕上げてくださった編集者には申し訳なく、また感謝しています。

その後、筑紫さんは『朝日ジャーナル』の編集長となり「若者たちの神々」の企画でヒットを飛ばし、さらにTBSの夜の報道番組「筑紫哲也NEWS23」のキャスターを務め、ロマンスグレーと、あくまで原則的な発言で人気がありました。東京都知事選挙は筑紫さんなら石原慎太郎に勝てたかなと思いますが、彼は一ジャーナリストでありたいと、出馬要請を断りました。やがて病気をされ、七〇代に入って早く亡くなられたのは残念でした。最後のころ、「ゆふいん文化・記録映画祭」でばったりお会いし、懐かしさのあまりハグしてしまいましたが、日本の民主主義にとっては大事な方だったと思います。

第四章　もう一度学び直す　東京大学新聞研究所へ

赤坂の出版社時代、校正に目が疲れると、赤坂を散歩しました。溜池交差点、霊南坂教会、たくさんのお屋敷、花柳街。急に雨が降ってきて、見知らぬ若い男の人に傘に入れてもらった甘酸っぱい思い出もあります。あの辺の景色も激変しました。

翌年、一つ年上の秘書がやめることになりました。彼女は結婚相手が国家公務員で、省庁からアメリカ東部の有名な大学に留学するので、自分も一緒に行って勉強するのだといいます。慰留されず祝福されて円満退社していきました。私も滞りなくやめるにはこの手しかない、と思いました。

一九七九年の春、東京大学の新聞研究所の研究生課程の試験を受けて合格。新聞学科といえば、早稲田や上智ですが、早稲田にはすでになかった。東大では戦後、新聞界の優秀な人材を育てるため、小野秀雄先生がジャーナリストを養成する研究所を作られたのでした。社会学部の中にある小さな組織で、月曜から金曜の午後三時から毎日、二コマの授業がありました。二年で三六単位を取れば、修了証がもらえます。

この研究所はその後、社会情報研究所と名前を変え、今は大学院情報学環・学際情報学府となっています。

社長に退職を告げるのがたいへんでした。ドキドキしながら「お話があります」というと忙しいから待ってくれ、といわれ、土曜日の夕方、みんなが帰ってしまったころ、私は一人で社長室に呼ばれました。身の危険を感じ、ポケットに文房具のハサミを忍ばせました。

「東大を落ちたから、今になって入りたいんだろ」とまず社長は嫌味を言いました。「勉強するのを止めるわけにはいかん。だがいますぐやめられても困る。当分朝九時半から午後二時まで働いてくれ」と意外にも簡単に了承されました。というわけで半年、私は半分働きました。給料もちょうど半分。赤坂の会社で昼ごはんもろくに取らずに仕事を片付け、二時半ごろに丸ノ内線で国会議事堂前から本郷三丁目まで地下鉄に乗って通いました。大学には会社にないのんびりした空気が漂っていました。私以外は全員、東大の学生。しかし、これから社会に出る彼らと、社会で二年働いた私とでは考えることがこんなにも違うものかと驚きました。

図書館に入り浸り

研究生は一学年十数人、授業には二、三名しか出席しないこともあり、ときには教授の研究室で講義が行われ、本郷の喫茶店でディスカッションすることもありました。大学の頃よりはるかに熱心に勉強したと思います。気になる他学部の授業ももぐりで聞きに行きました。勉強できることがこんなに楽しい、かけがえのないことなのか。知識が毛細血管を満たしていくような喜びでした。早稲田に比べ、東大は広々として緑濃く、学生の密度も低かった（いまはその後、できた高層ビルで建て込んでいますが）。

荒瀬豊、稲葉三千男、廣井脩《おさむ》、香内《こうち》三郎、内川芳美といった先生方は博識で、授業もおもしろかった。香内先生のグーテンベルクに始まる近代印刷の歴史には多くを教えられました。選挙報道に関する名著『ピープルズ・チョイス』という本を英文で読み、「バンドワゴン効果」という事象を学びました。メディア論の送り手論、乗り物論、受け手論など多様な面を考察することも。日本の言論弾圧史、震災と報道、流言飛語に関する講義もおもしろかった。

図書館にはたくさんのメディアに関する本があり、私はそこで桐生悠々、菊竹淳《すなお》、長谷川如是閑《にょぜかん》など権力の弾圧に抵抗した反骨のジャーナリストたちの伝記もたくさん読みました。貸し出しカードには名前を記すので、「日高六郎」なんて書いてあった。現場からも講師は来ているので、そういう伝手で、共同通信や毎日新聞へも社内見学に行きました。

資料調査のアルバイト

新聞研究所の学費はもちろん自分で払いました。年間四万八〇〇〇円。そのうえ、給料はパートタイムになって半減。作家の伯母、近藤富枝の資料助手をさせてもらい、月に二万五〇〇〇円をもらいました。伯母は東京女子大の国語専攻部で源氏物語を勉強し、王朝文学と装束、有職故実に詳しく、「ハクビ京都きもの学院」の学監を務めていたので資料助手を雇う余裕があったのかも。いや、苦学している姪へ無理をしての応援だったのかもしれません。

そのとき、伯母は『鹿鳴館貴婦人考』（一九八〇年）という本を書いており、青木周蔵、山県有朋、大隈重信、伊藤博文、井上馨、森有礼、陸奥宗光、大山巌などの妻の来歴や夫との関係を調べました。芸者だった人が多いこと、幕臣の娘が藩閥政府の顕官の正妻になった例が多いことがわかりました。鹿鳴館は条約改正のために、馴れない洋装と洋式マナーで外国人をもてなす場所で、深窓のお姫様では無理。接待のプロで度胸もいい芸者でもなければ、鹿鳴館のホステスは務まらなかっただろうというのが伯母の仮説でした。

森有礼と対等平等の人前結婚をしたのに、青い目の子どもを産んでしまった広瀬常や、津田梅子と一緒にアメリカにわたりヴァッサー・カレッジで学び、帰って陸軍軍人大山巌と結婚し、鹿鳴館の花形といわれた大山捨松などに興味を惹かれました。捨松は徳冨蘆花『不如帰』（一九〇〇年）の冷たい継母のモデルとされていますが、看護の知識をもっていたため、肺結核の義理の娘を隔離したにすぎないようです。盟友、津田梅子の女子教育事業を支え、日露戦争時にはアメリカで学んだ看護学を傷病兵看護に生かしています。

これを裏付ける資料を私は探しました。ときには外務省外交史料館に行って、明治の旅券発給名簿を手で写したこともあった。それを伯母に持って行くと「こんな不揃いな紙にバラバラに書くのはプロの仕事ではない。ちゃんと同じレポート用紙とかに書いて、きちんと綴じて持ってくるものよ」とひどく叱られました。

私はそのとき、付き合っている人がいたし、やがて結婚する予定でした。いまの会社にいると、結婚式に社長以下重役を呼ばなければなりません。ある披露宴は社長の会社自慢のスピーチが長くてぶち壊しになったと聞いたので、そういうことだけにはしたくなかった。彼を会社から守りたかった。それで、半年のパートののち、仕事も一段落ついたのでやめることにしました。社長は二度は驚かず「そう言うだろうと思った」と簡単に放免してくれました。あの時、どうやったら穏便に会社をやめられるだろう、とドキドキハラハラしたのは、いま思えばおかしいですね。

会社というところは、雇う側が強いので、すぐに解雇はできないようになっています。反対に勤めるほうは、会社に疑問をもったらいつやめるのも自由です。それなのにあんなに追い詰められた気持ちになった経験があるので、上司のパワハラで自殺に追い詰められた、電通の女性社員、高橋まつりさんの気持ちはわかるような気がします。

結婚して、フリーの仕事を探す

会社をやめた夏は開放感でうれしかった。それで毎日、高校のプールに行って泳いでいました。一一月に結婚することにして、そのために食器や鍋釜を買ったり、布団を買ったり、カーテンを縫ったりした。このときのことを考えると、好きな人と一緒にいたいだけで、自覚的な結婚をしなかったことに、我ながら恥ずかしい気がします。

大正の初めに『青鞜』の創刊者、平塚らいてうが、年下の画家を愛してなお、彼に対して、名乗る姓、家事、出産、育児などについて幾つもの質問と契約を交わしているのと比べても、なんという無自覚なことでしょう。らいてうは入籍しないで、生まれた子どもを非嫡出子で届け、長男が兵役に行ったときに不利益をこうむらないよう、初めて入籍して夫の姓を名乗っています。私にはそんな意識も覚悟もなかった。神田のYMCAで白いウェディングドレスを着て結婚式を挙げました。それはそこが安かったのと、ヴォーリズ設計の古い建物で好きだったからです。現存しませんが。

そのとき、例の近藤の伯母が来て、「ずいぶんしっかりしたお姑さんだね。まゆちゃん、嫁が務まるの？」といい、夫になる人が学生運動をしていたので、「マルクス主義者が教会なんかで結婚したらいけないよね」と厳しい正論をいうのを忘れませんでした。

いま、選択的夫婦別姓論が注目を浴びていますが、この時、事実婚にするか、なぜ考えなかったのでしょう。ただ、「必ずしも男の姓を名乗らなくてもいいよね」と、姓はじゃんけんで決めました。私が負けて、夫の姓になった。その時の、名前を剝奪された悲しみや、なんとない違和感はいまも覚えています。彼が私の名字になったら彼が同じ思いを味わったと思う。選択的夫婦別姓を私は支持します。二年くらいは夫の姓で仕事もしたと思います。そのうち、やはり旧姓のほうが自分らしいと感じ、二〇代の終わりには旧姓で仕事をすることにしました。三六歳で離婚して、戸籍上も生まれた姓に戻り、ホッとしています。

住んだのは実家から歩いて一〇分くらいの、建ったばかりのマンションの小さな2D

K。借りたときには広く見えましたが、冷蔵庫や洗濯機、本棚を入れるとかなり狭くなりました。できたばかりのマンションは密閉された箱で、息苦しく、湿気がこもり、壁は結露しました。小さいながら戸建ての実家と違い、お風呂に窓がないのが息苦しかった。でもそんなことはいっていられません。資格試験の勉強を始めた夫を支え、編集のアルバイトはなんでも引き受けた。二五歳で結婚してから『谷根千』を始める二九歳までの四年間がいちばん貧乏で、何をしていいのか、したいのかわからない時代でした。とにかく、夫に一人前になってもらわなければ。

新聞研の講師に来ておられた信木三郎さんの伝手で、彼が重役を務める「講談社インターナショナル」のアルバイトを始めました。時給が九〇〇円と当時としてはわりとよく、一日四時間働いて三六〇〇円もらいました。信木さんには「君は出版社を二年でやめたんだって？」と聞かれました。会社の名前を告げると「え、あそこで二年も保ったのか」と逆に感心されましたが。

「音羽」と通称される講談社の正社員はたいへん優雅で、電車のストライキがあると私は帝国ホテル、私はオークラと予約できる人たちで、服も高価そうなものを着ていました。アルバイトの私は、朝一番に着くと誰もいないオフィスでまず灰皿の吸い殻を捨て洗うのが仕事でした。お昼前に編集者が揃い、今度は野球チームのどこが優勝するか、壁に書いた紙で賭けが始まる。社員と非正規雇用の差を実感できたのはいいことでした。差別の本質をわかるためには差別される立場に置かれるのが一番です。

外国人編集者は、オクスフォードとかハーバードを出ているような人で、品がよく見えましたが、四年に一度は母語である英語を鈍らせないために一年間、有給で母国に帰れるのだと聞きました。日本最大の出版社である講談社の社員は、貧乏な私には貴族のようでした。日本では大作家でも、英語圏で売れないと世界的な成功とはいえない。著名な作家たちがやってきては、英語版を出してもらいたいがため腰を低くするのを見ました。

校正能力まるでなし

食べていくために頼まれればなんでもやりました。学術出版社の索引や年表作り。いまは単語を入力して検索すればパソコンで索引をたちどころにつくれますが、当時は最初から原稿を読んではカードに地名や人名を書き出し、それをアイウエオ順に並べて索引をつくっていました。辛気臭い仕事でした。

何をするのでも手間と時間がかかった。テープ起こしやゴーストライターの仕事もしました。もう一つは『日経サイエンス』ブックレットの下訳の仕事。これは数十枚の翻訳で最初は一本につき三〇万円くれるという約束でしたが、約束どおりにはお金は払われませんでした。不誠実な編集者の名前をまだ覚えています。別の出版社では企画を持って行ったら、横取りされただけで、仕事が回ってこなかったこともありました。

見かねて、大学のゼミの先輩、朝日新聞社出版局（当時）の山田さんが文庫の校正の仕事を回してくれました。しかし根気と注意深さが必要な校正の仕事は不得意です。誤植を出したのではないかと心配で、ずっとあとになって山田さんに「私なんかによく校正の仕事を頼んでくださいましたよね」と聞くと、冷静な山田さんは「そう思って初校の突き合わせしか頼まなかった。再校でプロが見ているから大丈夫ですよ」ということでした。

サイマルで同僚だった天野恵一郎さんはプレジデント社に移り、同じく本の構成や校正の仕事を回してくれました。正直いって『プレジデント』誌の「信長に見るリーダーの資質」とか「中国戦国時代のリーダーシップとは」といった記事にはあまり興味がもてなかったのですが、それなりに論語や孫子を読むきっかけになりました。サイマル出版会で社長に怒鳴られ、こき使われた社員はさっさとやめる人が多く、どこへ散らばってもお互いに助け合って仕事を回していました。

伯母は相変わらず心配して、自分が任されているハクビ京都きもの学院で出す『大正のきもの』という豪華本の編集助手にしてくれた。やりがいのある仕事でした。何せ執筆者の谷崎松子さん（潤一郎夫人）、河原崎長一郎さん、芹沢銈介さんから手書きの原稿をいただけるのですから。伯母は美しいものをつくるのに凝る人なので、表紙のすぐあとに、幻の明石という透ける着物の本物を貼ろうといい出し、祖母の形見の明石を一着つぶすことにし、二人で切り刻んで貼り付けたりしました。いま思うと贅沢な本です。

初めて書いた本

伯母はそのころ書いていた本の下原稿を書く仕事もくれました。さらに自分が断った企画を私に回してくれた。橘樹まゆみという名前で『日本の女 戦前編』（一九八〇年）という最初の本が皓星社から出たのは、私が二五歳のときです。本家のひとり娘だった母の家が絶えたので、あえて母の旧姓を名乗りました。

これは最初、伯母が頼まれたのでした。そのころは女性史が流行りかけで、列伝風のものを大きな出版社も出していた。瀬戸内晴美、大原富枝、永井路子といったそうそうたる作家がそんな小伝も書いていました。そのラインナップは光明皇后から北条政子、日野富子から明治以降の女性解放運動家まで入るというスパンの長いというか、ある意味、不思議な人選でした。

出版社が倒産し、別の社から出ることになり、フリーの女性編集者が訪ねてきました。とにかく三ヶ月で書いて欲しいというのです。四〇人ほどの明治・大正の女性について、二日に一人ずつ書かなければなりません。

そのとき、東大の総合図書館が使えたのは実にありがたいことでした。それと高校時代に使っていたお茶の水女子大学附属図書館には女性文化資料館ができ、これも助かりました。使える図書館に通じておくことも大事です。

新聞研究所の司書をしておられた香内信子さんにはこのときもお世話になりました。香内三郎教授夫人ですが、そんなことは関係なく、よく働く、面倒見のよい司書で、帰りに居酒屋でご馳走してくださったり、貧乏な時代の私を励ましてくれました。古い図書室でいつもタイプライターで、書籍のカードをつくっておられた。あのころ、東京大学の社会学系で、香内さんに世話にならなかった学生、研究者はいないでしょう。そのうえ、彼女は「母性保護論争」などについて重要な書誌学的な研究をまとめ、女性史の分野でも大きな仕事をなさいました。ときおり、あの特徴あるハスキーな声を思い出します。

新聞研究所の誰もこない書庫の中で本を読むのは至福の時間でしたが、ある日、私は上野千鶴子という人の本を見つけました。京都大学出身で、まだ三〇歳そこそこだ。「なんてキレのいい研究者だろう、私が編集者だったら本を頼みに行くのに」と思いました。これが一九八〇年代フェミニズムを牽引していく人と出会った初めでした。

誰かの書いた一冊の伝記をそのままダイジェストするわけにいかないので、新聞研で明治・大正その当時の新聞や雑誌を調べ、自分のその人との出会いや思いも書いた。するとそのフリーの編集者は「あなた程度の無名と若さで自分のことを書いても誰も興味はもたない。自分はみんな削ってください」と冷ややかにいうのです。ともかく本は「皓星社」という版元から出たのですが、そのフリーの編集者から、印税は約束の半分ももらえませんでした。この世には約束を守らない、できるだけ少なく払おうとする人がいると知りました。

しかも彼女は、私を年下と見てか「今度、編集のほうをやる？　仕事回してあげるわよ」といい出す始末、著者に対する敬意など微塵もない。まえの会社でも著者に対し「本を出してやる」というういい方をする編集者がいて嫌だなあ、と思いました。「私が世に出したのよ」「俺が育ててやった」という編集者にロクなのはいません。後世畏るべし。いま、私はかつて自分を見くびった人のことを書いています。そして若い人はよく先輩の仕事や人格を見ているものです。

この本は一九九〇年代になって、労働旬報社にいた佐川祥子さんという若い編集者によって『明治快女伝　わたしはわたしよ』（一九九六年）という題で復刊され、文庫にもなりました（二〇〇〇年文庫版）。鶴見俊輔さんにお会いしたとき、「本というのは子どものようなもの。私の本でも七回版元が変わって出た本がある。一生懸命書けば、それだけ親孝行してくれるものですよ」と励ましてくださいました。苦しいときには思い出す言葉です。

第五章　出産、子育て、保育園

散々でした。三ヶ月も必死に仕事をしたのに、二〇万円も印税がもらえなくて泣きそうな日々、私は妊娠に気づきました。どうあっても産むわけにはいかない。夫が一人前になって社会的に自立するまで、私が仕事をして支えなければいけないのだから、子どもなんか産むわけにはいかないのです。両親にも相談できません。そもそも結婚してから試験を受けるなんて、親は反対で、危ぶんでいたに違いないのに。結婚は二人の合意に基づくものといえ、よく許してくれたものだと思います。そのうえ、赤ん坊ができるとは。

私はまた伯母の近藤富枝に相談の電話をしました。伯母は「子どもを産まないで女性史なんかやれると思っているの？　子どもは小指一本で育てなさい、あとの九本で仕事をしなさい」といいました。私は泣きながら受話器を握りしめました。

ラマーズ法で出産

一九八一年の三月に長女が生まれました。最初は新聞研究所と同じ構内の東大病院に通っていたのですが、なんせ暗すぎました。節電で古い建物の廊下には電気が点いていません。妊婦たちはお腹に赤ちゃんの心音チェックのための金属のバンドを巻いて、ベッドになすすべもなく、マグロのように横たわっていました。

お産の説明会があったのですが、お産に関する本を読み漁っていた私は「こちらでは会陰切開をするのでしょうか」と質問すると、「ええ、ほとんどの場合切りますね」と医師は事もなげに答え、「会陰切開を知っている人」と手をあげさせました。驚いたことにそこにいる妊婦のうち、私以外のだれも会陰切開を知らないのです（会陰とは膣口と肛門の間で、赤ちゃんをスムーズに出すためにそこをハサミで切ることをいいます）。

知らないのに土壇場で自分の体を勝手に切られる。おかしいと思いました。それで情報を集めてラマーズ法という無痛分娩を取り入れている個人の産院長橋産婦人科を見つけ、池袋から西武線で二つ乗った東長崎にある産院に変わりました。待合室の花模様の明るいソファに座ったときにはホッとして涙が出ました。いまならネットで一瞬でたどり着けるでしょうが。

ラマーズ法はソ連の無痛分娩に影響を受けたフランス人医師ラマーズさんが開発したものです。妊婦がいきむことで、産道を胎児が降りてくるわけですが、そのときのいきむ力を呼吸法でコントロールすることで強い力を逃し、産道の出口が切れたり破れたりするのを回避します。また、それまではお産の現場は、古事記のイザナミやトヨタマヒメの寓話にもあるように、「見るな」という男子禁制の場所でした。それを夫が立ち合って、一緒に呼吸法をすることにより、夫の子どもへの当事者意識とその後の育児参加を促すものです。私の夫は子ども三人とも、お産に立ち合い、へその緒も切りました。ただ、いま思い出すと「いきみと呼吸を同時に行うのはかなり無理がある」ようにも思います。

とにかく私は会陰切開はせずにすみ、三人とも自然に産みましたが、よく練習して臨んだ最初のお産がいちばんうまくいって、二回目、三回目は油断して事前の準備が足りず、陣痛微弱になったり、かなりの出血をしたりしました。うっかりすると産後の肥立ちが悪くて死んでいたかもしれません。ともかく出産という経験は恋愛とか結婚式より、自分が動物として新しい生命を生み出すという、はるかにおもしろい体験でした。

長い葛藤の末に、一九八一年に生まれた長女が、私をどんなに支えてくれているかを思うと、あのとき諦めなくてよかったと思います。子どもをもちたいと思ったら、そしてそれが可能なら人生のどこで出産や育児をするかです。一回、中絶してから一二年間妊娠しなかった人もいます。三〇代半ば過ぎて、いざ子どもをもとうと思ってできなかった人も知っています。四〇歳になって子どもをもち、体力がない中で子育てをして辛かったという人もいます。遅い出産のため、子どもが受験でたいへんなのに親の介護まで抱えた人もいます。そう思うと、早めに産むのもいいのではないでしょうか。

ニュージーランドに高校留学した若い友だちは、「日本では高校生が妊娠すると中絶させたり、退学させたりするけど、ニュージーでは子どもを産んでも勉強する権利が認められているのよ、モリさん！」と力説していました。望まぬ妊娠に対する自己決定権とともに、子産み、子育ての制度が整備されているのは女性にとって大事です。

メアリー・ポピンズ、引田のおばさん

母は歯科医で忙しいので、「誰か産湯を使わせに来てくれる人を頼まなくちゃ」といいました。元々が世話好きの母のネットワークは広くて、あっという間に近所のお屋敷で家事手伝いをしている引田トミヨさんが来てくれました。彼女の人生も波瀾万丈、なんと三井の三池争議の主婦会のリーダーだった。

その夫は第一組合の幹部で、戦い抜いて解雇され、夫婦は子ども二人を連れて上京、夫は自動車の修理工場で働いたが早く亡くなり、彼女は朝は弁当屋、昼はお手伝い、夜は蕎麦屋の皿洗いというトリプルワークをして、一人で子どもたちを育てました。育て上げてから優しい個人タクシーの運転手さんと再婚、ときどきは夫の運転でドライブしたり、お酒を飲んでカラオケしたりするという、落ち着いた幸せな人生を送っていました。しかし

身を粉にして働く癖が抜けず、どこかに困った人がいると助けに現れていたのです。

家に来てくれたときも、赤ん坊に実に上手に産湯を使わせてくれたのみならず、掃除をし、炊事をし、洗濯をして、彼女が帰るころには家はピッカピカでした。私はひそかに彼女をメアリー・ポピンズと名付けました。まるで魔法のように家がきれいになる。ほうれん草のおひたしは緑濃くシャキシャキでした。白和えだのゴマ和えだのも、あたり鉢とすりこぎで本格的につくってくれました。

さらに、赤ん坊が真っ黒なウンチをすれば、「これはカニババいうて赤ん坊の最初の便はみんなこんな色なのよ」と教えてくれた。頭の真ん中がペコンペコンいっているのに驚くと「これはひよめきというたい。産道を通ってくるとき頭の骨が合わさって、できるだけ小《ちい》そうなって出てくるたい、まだ骨と骨がくっついてないからね」と教えてくれた。その度にホッとしました。どんなに多くのことを教わったでしょう。引田のおばさんは、三人の子とも産湯でお世話になったし、友だちが出産のときも紹介すると、どこでも出向いてくれ、あらゆるところで絶賛を博しました。

初めての赤ちゃん、それはかわいくて仕方ないけれど、小さな頼りない生き物を育てるのはたいへんです。私は母乳で育てようと考え、夜中は三時間おきに授乳していました。

そうなるとこちらの睡眠時間が足りない。眠れないときには授乳の合間に本を読みました。今度はたまった乳でおっぱいが赤く腫れ、乳腺炎になりました。痛くてたまりません。ユキノシタの葉の裏側を剝がして乳房に貼るといいというので、近所でユキノシタを探しました。また北千住のほうにあった桶谷式という乳房の揉み治療も受けましたが、これは費用が高いうえに飛び上がるほど痛いものでした。当時、布おむつにこだわっていたので、替えたり洗ったりがたいへんでした。合理的な母は「貸しおむつを頼めば」というのでそうしました。まだ紙おむつのないころです。

三ヶ月くらいになれば、今度は離乳食をつくらなければなりません。母乳を飲ませることから外界の食べ物に移行していくとき、とても心配でした。食品添加物を調べ、無添加、無農薬、化学調味料なし、そんなことにこだわる私に夫は文句もいわず付き合ってくれました。『自然食通信』という出たばかりの雑誌を読み、共同購入に参加しました。

夫は嫌がらずに、遠くまで牛乳やバター、野菜を取りに行ってくれました。一方、お金もないので、ユキノシタどころか、よその家の庭のフキだのミョウガなどもいただき、公園の八重桜を塩漬けにしたり、むかごをとってご飯に炊き込んだりしました。町の中にも食べられるものはたくさんあります。

そんなわけでたいへん忙しく、お産で新聞研究所は一年休学、家でアルバイトができるのはテープ起こしと翻訳くらい。新聞研を修了したらまた新聞社を受けて記者になろう、という夢ははかなく消えました。まさか男女雇用機会均等法以前、赤ん坊のいる女を記者に雇ってくれる新聞社はなかったでしょう。私は家で子どもを育てることで社会から取り残されていく不安と悲しみを感じ、そのころは社会に遅れまいと、実家の古新聞を取りに行き、いちばんよく新聞を読み、切り抜きをつくったスクラップブックがいまも残っています。

東大の社会学大学院を受けて落ちる

方向を変え、性懲りもなく今度は東大の社会学の大学院を受けることにしました。大学院の入試は外国語が二つ必要なのです。大学ではドイツ語を第二外国語にしていたのですが、ドイツ語とは相性が悪く、高校時代からフランス映画をたくさん観ているうちに、突然、会話がすっとわかったことがありました。それでフランス語で受けることにし、銀座のイエナ書店（現存しないがなつかしい）に行って、当時、フランスで出ている話題の評論のペーパーバックを買ってきて一日読んだ。本当の一夜漬けです。それでも発表を見に行ったら筆記試験は受かっていました。

その後、面接がありました。「フランス語はできていたのでしょうか」と聞くと、「よくできていましたよ」といわれてびっくり。しかし面接官は「赤ちゃんがもう少し大きくなってからまた受けなおしたら」という。さらに大学院に来て何を研究するのですか、と聞かれ「明治女学校と『女学雑誌』のことを研究したいです」というと、「それはもう青山なをさんがなさっていますね。あの研究に何を付け加えられそうですか」と聞かれて答えに窮しました。

そんなわけで、私は大学院の試験に不合格。面接の日は、私の親しかった先生方はみんな学会で出張中でした。「僕がいればなあ」とあとでみなさん残念がってくれました。新聞研のクラスメートが「社会学の大学院で、試験が受かって面接で落ちたのはあなたが初めてらしいよ」と教えてくれました。

赤ん坊のいる女なんか、大学院で研究は無理だろう、というのが常識な時代でした。東大にはそのころ、中根千枝さんという文化人類学者一人しか、女性の教授はいなかった。もちろん新聞研究所には一人も女性の教官はいません。アメリカの大学では赤ん坊のいる院生のためにキャンパス内に保育所もあると聞きました。東大には構内で働く女性たちがたんぽぽ保育園をつくっており、そこに預けることもできたかもしれない。それはずっとあとに知ったことです。いま、東大には女性の教授が急速に増えています。しかし、その割合はまだ一七・八パーセント（二〇一九年）程度だそうです。

一九八二年三月に私は東大新聞研究所を修了しました。久保田早紀の「異邦人」が流行っていた。同期生と飲んで、終電を逃した帰りのタクシーで流れていたのを覚えています。

主婦会議でニュータウンの企画

赤ん坊は一歳の誕生日に立って歩き始めました。私は当分、就職もできず大学院にも行けなそうなので、足りない部分を独学しようと考えました。たとえば、世界史、日本史はいうに及ばず、哲学をプラトンあたりからやり直そうと、また日本文学を古事記や万葉集から読み直そうと、壮大な独学の計画を立てました。本を買うお金がないので、図書館に行き、片端から借りて読んではノートをつくりました。文京区に図書館は一一館、歩いて一〇分以内に必ずあるというのは恵まれていました。勉強したい子育て中の母親のためにも、図書館は地域にたくさんあるべきだと思います。

私はそのころ、新聞でとてもいい仕事を見つけました。昭苑という主に千葉にニュータウンを開発しているデベロッパーが、「主婦会議」というチームを募集していたのです。主婦の生活感覚を活用して、アドバイザリーボードをつくり、宅地開発に生かそうということでした。つまり、PR会社にいたころに知ったヒーブ（ホーム・エコノミスト・イン・ビジネス）と同じ発想です。それがなんと、週に一度行くだけで月に一〇万円くれるという、とてつもなくいい条件。このまえまで一月働いて一〇万円だったのに。嘘ではないか。何度も応募規定を読み、試験会場に行ってみると案の定、たくさんの「主婦」がいました。なんのまちがいか、それに合格しました。行ってみると、あとのメンバーは研究者、医師、テレビのディレクター、新聞記者などの妻たちで、みんな偏差値の高い大学の卒業生でした。いちばん貧乏なのは私。スーパーで一万円以上も買い物をしてカードで払う話、ベッドスプレッドがダブルサイズで干すのがたいへん、という話は他の惑星のことのようでした。

この仕事はおもしろかった。私たちは従来の建て売りではなく、スケルトン住宅といって、住宅を完成前に骨組みのまま売って、建築過程を公開し、購入者のニーズに合わせ、間取りや内装を好みに変えていける家を考えました。あるいは、建築に嘘がないように、基礎や屋根裏なども写真を撮って購入者に見せるプランも考えました。ニュータウンの中に生産緑地のような場所を作って田園生活を楽しもうとも提案しました。これはクラインガルテンといって、ドイツなどではすでに普及していることを知ったのはのちのことです。風景、匂いや音、五感を大事にするニュータウンの開発も考えました。こうした消費者の目線に立った提案をすること自体、企業の好感度を飛躍的に向上させたと思います。いま、これらのアイディアは、あちこちで実現しています。

主婦会議に参加する日には、例の引田のおばさんを頼みました。あるとき、一歳の娘を連れて浦安のニュータウンの見学に行ったとき、「今日はとてもステキな赤ちゃんに会えてよかった」といってくれる事務局の人がいてホッとしました。その浦安のニュータウンは埋め立て地にできたものながら、三井ホームのツーバイフォーで、建売住宅とはいえ、赤毛のアンが住んでいるような下見張りの木造家屋で驚かされました。

ところが3・11の地震のあと、浦安付近は液状化が起こり、住民が開発者の三井不動産を訴えた、というニュースを見て、あ、あそこではないか、と思い出しました。東西線が延伸して、葛西や浦安などかつての低湿地の漁師町が埋め立てられ、どんどんニュータウンになっていった時代でした。

といっても、「主婦の目」がことさらに強調され、女性というと衣食住の暮らし関連のことだけに仕事が限定され、企業が会社のイメージを上げるのに利用されることが、だんだん嫌になってきました。「消費」者という言葉にも疑問がありました。家にいる主婦は生産しないでただ消費しているだけなのでしょうか?

会社にとってみれば、一月一〇万円で一二ヶ月で一二〇万円、五人のメンバーで一年に六〇〇万円の主婦会議の運営費は、企業イメージを上げるためであれば、新聞に何千万をかけて広告を出すよりも、よっぽど効果的だったと思います。受けにきた女性たちも会社の名前を覚えたでしょうし。社長さんもおもしろい方でしたが、その会社はもういまはないようです。

そのころの保育園事情

子どもを保育園に預けてフルタイムの仕事をしたかったのですが、一九八〇年代は「三歳までは母の手で、そうしないと愛情に飢えて不良になる」といった根拠のない神話がまだ生きていて、近くに住んでいる父も保育園に預けるのに反対でした。「保育園の歯科健診に行くが、なんだか子どもが型にはまっていじけているように見えるな」と父はいうのでした。それでも私は長女が二歳になった翌月の一九八三年四月、両親に黙って近くの区立駒込保育園に入れました。入れてからは、実家も近かったので、父は初孫を散歩がてら迎えに行くのが楽しくて、とても協力してくれ、保育園への偏見もなくなりました。

そして五月には二番目の子ども、長男が生まれた。これはまったく長女とタイプの違う子でした。長女は静かで、目を覚ましてもにっこりと天井を見上げていますが、長男は起きた途端に大声で泣く。抱いてやっと寝たかと布団におろすと泣く。そっくり返って泣く。七ヶ月で立ち上がり、一歳では駆けていました。運動神経がいいともいえますが、その分、追っかけ回すのに疲れ果てました。

二〇一六年、「保育園落ちた日本死ね！！！」というブログが話題となり、政府も定員の増加、施設の増設に躍起になっていますが、二〇一七年も私の住む文京区では五八パーセントが保育園に落ちたとか。むしろ私たちのころのほうが働く母親が少数派で、保育園入所は今ほど大変ではなかった。それでも区議会議員の紹介でもないとなかなか入れてもらえなかった。まあ、当時は専業主婦と胸を張っていえる時代でした。夫の収入が多い証し、あくせく働かなくてもよいと。自己実現などといい出す人は少なかった。

現在は女性も、家庭にいるだけでなく、自分の望む仕事や表現を何かしたいと考えています。また女性の就職率も向上し、産前産後の休暇も取れるようになり、育児休暇も選べます。その代わり、専業主婦という肩書きに不満や劣等感をもつ人も多くなりました。

一律にいえることではありません。私たちは家にいるお母さんたちにずいぶん助けてもらいました。自分の体が弱い、子どもが病弱だとか、障害があるとか、夫が望まないとか、親の介護や看病があることで、外で働けない女性もたくさんいます。そういう人たちもコンプレックスをもたないで生きられる社会、そしてまた外で働きたくなったら、自分に合った正規の仕事に就ける社会を目指したいものです。

当時の保育園は常勤の勤め人が優先で、商店など自営業者やフリーの編集者である私は、行政側から見ると措置の際の点数が低い。しかもそのころは通常午後四時半までが正規の預かり時間で、とうてい常勤の仕事には対応していませんでした。それ以降は延長保育という特例で行政側に嫌がられました。子どもを四時半に引きとってもらわないと、職員は五時に帰れないからでしょう。親の近くに住んでお迎えを頼める人は恵まれていました。しかし育児時代に親の世話になると、五〇代で仕事が佳境に入ったころ、かつて子育ての世話になった両親の介護のために仕事をやめなければいけない人もいます。

日本人の母をもつノーマ・フィールド・シカゴ大学教授に一度だけお会いしたことがあ

ります。彼女の本で読んだこんな言葉が忘れられません。「日本で幸せな女性とは、子育てが終わってから親の介護が始まるまでに時間のある人である」

〇歳児は手がかかり、保育士一人で三人くらいしか見られないので措置数は少ない。しかも生後四ヶ月以上でないと預かってもらえない。それで区立保育園に入れようと思ったら、前年の一二月までに産んで四月には四ヶ月にしておかなければならない。そのためには一月ごろに妊娠するように計画出産する。もっともプライベートな出産まで、行政に合わせて計画的にせざるをえない現実がありました。

長女は三月二〇日生まれでしたから、四月の時点では一ヶ月児で、どっちみち翌年の春までは区立は入れません。地域にあった無認可保育園は考え方や内容はすばらしかったけれど、一月の保育料が五万円以上するのでとうてい、払えません。次の長男は五月五日生まれなので、翌年の四月、つまり一一ヶ月目までは自分で育てました。保育園に入れてみると、母親は区役所の職員、区立学校の先生が多く、区役所は税金を使って区職員のための保育園をやっているのではないかとすら思いました。

ある保育士は自分の子どもを三人、よその保育園に預けて保育園で働いている。それもちょっと矛盾を感じないでもありませんでした。自分の子の世話をしても一銭にもならないが、人の子の世話をすれば給料がもらえる。そして出産するときは産前産後の休暇が取れ、育休も取り、ボーナスをもらったところで退職する保育士もいました。これも労働者の権利といえばそのとおりですが、フリーランスの私にはちょっと解せない。初めからやめるつもりならば、出産前に退職すれば税金の無駄は省けるのにと思いました。

また三歳までは保育園の世話になって、幼稚園に入る年になると、国立や私立の幼稚園に転園する家庭もありました。保育園は厚労省、幼稚園は文科省の管轄で、幼稚園のほうがもっと教育的なことを教え、先々、受験に好都合だというわけです。「区立の小学校や中学校は荒れていて、入れる気にならない」とうちの子どもが区立に通っているのを知っているのにはっきりいう女性医師もいました。「大学受験には都立高校では不利だから中学で受験させる」という人もいました。

うちは、そもそも税金も払わなくてよいくらい。保育料は当時、税金によって算出されていたので、ほとんど払っていません。収入の多い家庭では親の片方の給料は保育料やベビーシッター代に消えるという話を聞きました。私の子どももはやがて自営業者の多い駒込保育園から、常勤の会社員の多い、駅のそばのしおみ保育園に変わりました。駒込保育園には延長保育がなかったので、親たちも自営業が多く、おっとりしていました。今度の保育園は、園庭は狭いのですが、子どもを預けるなり、駅まで駆け出して地下鉄千代田線に飛び乗るようなお母さんが多かった。「六分、満員電車の中で爪先立ちして息を止めているわ」と御茶ノ水の大学病院の事務の人はいいました。

夫婦とも医者の家に行くと部屋は洗濯物でいっぱいです。「今日は取り込んだけど、いつもはベランダの洗濯バサミを外してそのまま着る」と、いたって庶民的な女性医師はいいました。夫婦とも看護師の人もいた。「夫が夜勤がすんで帰ってくると私が出勤。私が寝ていた布団に潜り込む夫は温くていいというの」。だから布団はいつも敷きっぱなしだそうでした。

残念ながらこのダンナさんは早く亡くなりましたが、看護師の妻はそのあと一人で子育てをしながら、大学と大学院まで出て、都の部長職まで務めています。尊敬しています。みんな頑張り屋だった。それだけに、保育園時代の仲間は無理がたたって病気になったり、夫婦関係が壊れたりしたと、ときどき風の便りに聞くのです。壮絶な戦いの日々でした。でも地域に子育て仲間がいたから、一緒にご飯を食べて愚痴もいいあったから、虐待や母子心中をしなくて済んだ。いくら、行政が相談窓口、子育てラウンジなどを設けても、あそこには行かないよ、ちょっと違うんだよなあ、と思います。

このまえ、新聞社と大手設計事務所勤めのカップルが子どもさんを連れて遊びに来ました。「二人揃って大企業だと保育費がたいへんでしょう」と聞くと、「いいえ、いまは区の保育所はみんなタダですよ」というのでびっくり。しかも、中学卒業までは給食費もタダ、医療費もタダだそうです。貧乏で小児科に連れて行くお金がなかった自分の時代を思い出しました。さらに、出産すると数十万円のお祝い金まで出るそうです。どこの産院が安いか、あれこれ調べた私には信じられない話。少子化の分、大切にされて、子育てするには本当にいい環境になったものだ。と思いながらちょっとシャクというか、自分の時代を振り返るとかわいそうになるのも正直なところです。

それでも自分たちの時代と比べ、いまのほうが子育てがつらそうに見えるのはなぜでしょうか。

第六章　地域雑誌『谷根千』の船出

保育園に入れてよかったことの一つは、生涯の相棒ともいえる山崎範子と知り合ったこと。彼女もフリーのデザイナーの夫がいて、自分はフリーの編集者で、狭いアパートで、そのころ、男の子を育てていた。こちらも極貧に近い。お互い六時過ぎまで子どもを預けて迎えでよく会うし、同じような独立系の小さな雑誌を編集していたので、一部でも部数を増やすため、交換で買い支えていました。それがきっかけで話もして、「一緒に別の雑誌をやりたいね」ということになったのでした。山崎は、当時『いっと』という「老いを考える」A5判の雑誌を編集していました。

私は、本郷の風濤社という出版社から出る『ほんのもり』という雑誌にかかわっていた。そのころ、新聞の書評委員に女性はほとんどいなかった。朝日新聞の書評委員にたった一人いたのは作家の故津島佑子さんだと思います。新聞の書評は、権威主義で書かれたような、難しい本が多かった。せっかく七〇年代に田中美津さんたちがウーマンリブを興し、八〇年代に入ると社会学者の上野千鶴子さんがフェミニズムを牽引し、女性問題、家族や育児、医療や福祉関係の本もたくさん出ているのに、なんでそういう本が新聞書評には取り上げられないのだろうという疑問から、風濤社の高橋行雄社長は本好きの女性を集めました。そしてたまたま知り合った私にも手伝えという。

あとの三人はいたっていい人たちでしたが、医師、大企業の社員、会社の社長などエリートを夫にもったゆとりのある女性たちでした。家も広くて、別荘ももっていて、雑誌が出来上がると温泉や芝居見物に出かけていく。その間、私は生活のために働かなければいけません。

雑誌の編集発行費用は会社が出しましたが、労働報酬はゼロ。極貧の私にはつねに格差を感じさせられる経験でした。雑誌の内容はよかったのですが、編集経験のない人たちの仕事ぶりは趣味のようでした。文学好きでしたが、政治や経済や社会について関心や知識が薄いように思いました。『ほんのもり』は結局一〇号出て終わりました。

しかし、この雑誌にかかわったことが、私が書評の仕事をするきっかけにもなり、一九八四年の自分たちの雑誌『谷根千』の助走になったのは確かです。お金にならなくとも若いうちは何にでもかかわってみるのは大事です。その夏に、山崎範子と私は「地域で子育てと両立するような小さな雑誌をつくりたい」と思い始めました。

地域雑誌『谷根千』の創刊

一九八四年一〇月一五日に地域雑誌『谷中《やなか》・根津《ねづ》・千駄木《せんだぎ》』を三人の仲間で創刊しまし

た。山崎範子と私は保育園仲間、仰木ひろみは私の妹で、同じマンションの三階に山崎が一階に仰木が住んでいた。三人で軍資金として五万円ずつ出し合いました。もう一人、つるみよしことという保育園仲間がイラストなどを描いて、いつか仕事につなげたいと参加しました。初期のころ、一緒に販促や取材も行ってくれましたが、彼女は夫が国家公務員で千駄木の公務員住宅に住んでいたため、おおっぴらに地域活動はできないとのことでした。

大学一年のころ、私は谷中の朝倉彫塑館（現・台東区立朝倉彫塑館）でアルバイトをしていました。仲間は藝大受験生が多く、谷中墓地あたりでじゃれて遊んでいました。そのころが忘れられず、私はいつか谷中を舞台に小説を書くとか、写真集をつくってみたいと思っていました。結局、これほどの歴史と文化が集積した町、谷中について何の地域資料もないように思え、自分でも散歩ガイドのような『谷中スケッチブック』を一九八四年の夏じゅうかかって書きました。

また、自分の住んでいる文京区側も、根津は根津神社の造営をきっかけにできた遊郭や職人町であり、千駄木にはかつて森鷗外、夏目漱石、宮本百合子、高村光太郎などたくさんの文学者が住んでいました。どうにか自分にとって地域（テリトリー）と思えるこの三つの町を繋いで、小さな、身の丈にあった雑誌をつくっていけないか。そのころ地域の出来事を伝え、掘り起こして記録するスモールプレス、リトルマガジンの社会的役割というものにも気がつき出していました。

東大新聞研究所のときの恩師、稲葉三千男先生が、あるときこんなことをおっしゃった。「コミュニケーションには垂直と水平のものがある。いまのマスメディアは少数の送り手が多数の受け手に対して情報を送るもので、そこには互換性がない。戦後マスメディアの垂直のコミュニケーションには成功したが、水平の双方向コミュニケーションには成功していない」

いま、そのときよりも言論の自由や報道の独立は狭められてきたと感じます。政権がメディアに介入し、報道機関のトップが首相と会食しています。巨大な広告会社が「いざとなったら広告を出稿しない」とメディアの首根っこを押さえています。記者という「少数の送り手」に公共心があり、社会の木鐸《ぼくたく》としてのプライドがあれば別ですが、彼らが記者クラブという既得権に甘んじ、政権におびえたり、すりよって好待遇を期待したりしている。しかし、水平のコミュニケーションはローカル・メディアやSNSで当時よりはるかに豊かに広がっているように感じます。

こうもおっしゃいました。「女子大生が（ここはちょっと差別ですが）小説を新人賞に応募して受け手から送り手になりあがろうとするが、そんなことしてもメディアの構造はちっとも変わらないよ」

そのころ、たしかに、私は小説でも書いて新人賞に応募しようかなあ、という心境だったので、ぐさっときました。先生はそれを見抜いていたのかもしれません。では水平のコミュニケーションをつくるための方法とは何か。でも当時はホームページ、フェイスブックやツイッターはない時代でした。私は地域雑誌という紙の小さな「乗り物」で、水平のコミュニケーションをつくってみようと考えたのです（ドレフュス事件の研究者で世論操作に詳しかった稲葉三千男先生は退官後、革新系無所属で東久留米市長を三期務めました）。

国を変えるにはまず地域から

所帯をもって暮らしてみると、身の回りにはたくさんの理不尽なことがあります。しかし社会を変えようといっても、いきなり国会で多数派を占め、政権を奪取できるわけではない。デモをすれば自分たちの要求が通るわけではない。それぞれが地域を少しずつでも変えていけば、いつか大きな地殻変動があるかもしれない。そのほうが結果として早いのではないか。それは私が学生時代、マルクスやレーニンを読んだ挙句に、アントニオ・グラムシというイタリアで獄中死した哲学者にたどり着いて知った「陣地戦の思想」です。上から変えるのでない。まずは身近なところから変えていく。地域で知的、文化的へゲモニーをとる、という考えに惹かれていたからかもしれません。

まず、この町で地域雑誌を出す趣意書を書き、仰木の親友、柳則子さんにワープロで打ってもらいました。そのころ、ワープロを打てる人が仲間内にいなかったのです。それをもって町のお店を回りましたが、「忙しいから雑誌なんてものを置いて売る暇はない」「豆腐屋なので水がつくと雑誌が濡れる」「そのうち加盟店料とかお金を取るつもりじゃないか」と断られました。「もしかしてなんかの宗教がらみ?」「区議選に出るつもりなんでしょう」と憶測をもたれもしました。

古い町は噂が好きで、新しいことをする人はたいてい、口さがない噂やデマに悩まされてきました。若くて女性で子持ちだというだけで、町で、社会で、何かを始めるとき、なんと信用がないことでしょう。それでもまだ、私と仰木は地域の生まれで、地域の幼稚園や学校で育ち、両親が歯科医院を経営しているので多少、信用されましたが、川口の時計屋さんで育った山崎は、学校も地域の学校ではなく、よそもの扱いされて、いつも不公平だと怒っていました。

お祭りを創設して町の人と協働

一九八四年夏、三崎坂商店街協同組合長の寿司屋の野池幸三さんと出会い、町会、商店街、仏教会三者の合同プロジェクトとして、「谷中菊まつり」を創設しました。野池さんは私たちのことを「地域に住む若者によるアイディア集団」という触れ込みで、町の有力な人々に繋いでくれ、菊まつりを一緒に開催するなかで、私たちは町にデビューすることができました。この心の広い三崎坂周辺の方たちには感謝の言葉もありません。

祭りに合わせ、私たちは団子坂菊人形や笠森お仙のことを調べ、たった八ページの『谷根千』第一号を一〇〇〇部つくり、一部一〇〇円で売りました。これはタイプ印刷で、私の家の横にあった楠本タイプ印刷さんにお願いしました。夕方になるとランニングで風呂桶をもって銭湯に行く主人のお顔をいまも覚えています（最近、ツイッターが縁でまた連絡が取れました）。これが第一回谷中菊まつりで一部一〇〇円で創刊号は飛ぶように売れた。雑誌だけでは目を引かないので、「不老長寿の菊酒」なるものを菊正宗の協力を得て拵《こしら》え、これもよく売れました。そのころ私たちはまだ「谷根千のおねえさん」と呼ばれ、祭りの当日には着物を着て、松明《たいまつ》に点火する役目まで仰せつかりました。

町の人の意識も高く、地域雑誌は待たれていたといえるでしょう。まるで乾いた砂地に水が染み込むように売れて読まれていきました。一号目は何度増刷したか覚えていませんが、一万六〇〇〇部まで売れました。新聞やテレビにも取り上げられました。

気をよくして、二号目の編集にかかりました。今度は三二ページつくろう。部数も最初から三〇〇〇部は刷ろう、ということで、もう少し大きな印刷屋さんを探しました。風濤社に紹介してもらったスマイル企画の女性、今野さんに写植を打ってもらい、印刷は根津の三盛社が引き受けてくれることになりました。定価は二五〇円にしました。

そのころ、私たちは地域の古老たちが郷土史研究会を開いているのを知りました。谷中には「江戸のある町谷中の会」が、いせ辰という千代紙屋のご主人広瀬辰五郎さんを中心に開かれていました。小瀬健資さんを中心に根津郷土史研究会も会合を開き、昔懐かしい座談を楽しんでいました。そういうところにお邪魔して、地域史の勉強をしたものです。第二号は「寒い日はお風呂へ行きませう」と題して地域の一五軒の銭湯を取材して歩きました。

三号は昔、町の中を流れていた藍染川を、四号は和菓子屋さん、五号は森鷗外、六号は酒屋さん、七号は谷中墓地、八号は団子坂、九号は高村光太郎と智恵子、一〇号は豆腐屋さん、というように特集を軸に編集しました。一、地域のなりわい別の歴史と現在　二、みんなが覚えているランドマーク　三、この町に住んだアーティストや文学者　という特集の三本柱はこのころ定まったものです。

『谷根千』の制作と販売

題字だけは本郷の「松しん」さんに江戸文字風のロゴをお願いしましたが、それ以外のタイトル文字やイラストはみんな自分たちで描きました。タイトルは山崎の義理の姉が、絵は私の夫が、校正は保育園仲間の編集者が、と多くの方にお世話になったものです。また『谷根千』には途中から藤原馨、峰吉智子という二人が、スタッフを務めてくれました。

東京の老舗のタウン誌は『うえの』にしても『銀座百点』にしても、地域ののれん会という老舗の集合体が発行しています。もともと信用のある方たちだし、お金もある。盛り場では外食でもブランドショップでも落とすお金の桁が違います。のれん会に会費を払い、タウン誌をレジの脇に置き、欲しいお客さんには無料で持って行ってもらう。そのようなやり方は私たちの町ではできないとわかりました。「メリヤスのパンツ一九〇円、油揚げ一二〇円で買った客に二五〇円のタウン誌をタダでつけてはあげられない」（当時）のは道理です。

そこで、名刺広告は一万円で別にいただくことにして、置いてもらう店には、八掛けで委託し、売れば二割のマージンがお店に入るようにしました。売れなければ次の号を届けるときに残部を引き取ります。とはいえ、二五〇円の雑誌を一〇〇部売っても二割のマージンでは五〇〇〇円にしかならない。そこは「地域のために出している雑誌なので応援してください」とお願いしました。そんなこんなで二号を出してみると、あちこちから売り切れの再注文が入り、毎日包みをほどいては自転車で配達するうれしい日が続きました。売ってくださる方も、よく売れるのが楽しかったらしい。そのころ、『谷根千』は文字通り「飛ぶように」売れたのです。

自分でつくった本を自分で売る。なんて楽しいんでしょう。出版社に勤め、編集していてもそれは本づくりの一部に過ぎず、総務、校正、校閲、営業、広告、販売などは分業化されています。しかし、地域雑誌をつくるのには、広告取り、印刷、イラストや題字書き、配達、集金、帳簿付け、銀行取り引き、あらゆることをしなければなりません。それがちっとも苦ではないのでした。印刷所に立ち会いに行くのも楽しかったし、お祭りやお正月にはお寺や神社のまえにお店を出して、雑誌の立ち売りもやりました。

自分が一生懸命つくった雑誌が売れて、百円玉を何枚か、掌に載せてもらえる、というのは実感のある喜びでした。書いた記事にクレームがつき、回収しろといわれたり、謝りに行って戸口に立ったまま二時間叱られたりも何度かありましたが、若かった私はいつも仲間と一緒に乗り切ってきました。

なんと忙しい毎日

一九八六年、男女雇用機会均等法が施行され、女性も総合職を選び、幹部社員になれる道が開かれました。九七年には就職時の女性の差別的な取り扱いは禁止されました。「いい時代になったもんだ」。それを後輩たちのために喜びました。

でも正直いって、一九八〇年代後半の事件をあまり覚えていません。テレビを見る暇も、新聞を取る経済的余裕もなかった。まだインターネットはありません。毎日、地域雑誌を出すことと、次々生まれる赤ん坊の世話や保育園の送り迎えに追われ、海の向こうのニュースまで知る余裕がありませんでした。たとえば一九九〇年の湾岸戦争はまったく記憶がない。ラーメン屋の片隅のテレビで、真っ黒な空にシュルシュルと砲弾が飛んでいき、赤く爆発するのを見た、ということぐらいです。

一方で、一九八六年四月のチェルノブイリの原発過酷事故は、小さな子どもを抱える私にはゾッとする事件でした。母たち世代は私の生まれた一九五四年、アメリカがビキニ環礁で行った水爆実験により被曝で死者の出た第五福竜丸事件を機に、その後もずっとマグロや牛乳の安全を気にしていたのを思い出します。「死の灰が危ないから雨に濡れるな」と子どものころ、親によくいわれたものです。チェルノブイリの事故のあと、原発反対のデモに参加したり、詩人の岸田衿子さんを中心に地域で学習会をしたりしました。この時に、谷川俊太郎さん、石垣りんさん、茨木のり子さんなども谷中に来てくださって、お話を聞いて不安な中にも楽しかった思い出があります。

バブル経済と地価高騰

『谷根千』を始めたときに、すでに、不動産屋さんからは、「いまのうちに土地を買っておくといいよ、絶対上がるから」といわれました。そういわれても土地を買うお金などなかった。「古いものを残そうだなんて、いまにこの通りの両側はみんなビルになる」とも。本当でした。一九八六、七年ごろからじわじわと地価が上がり、そもそも一坪三〇〇万という地価自体クレージーだと思いますが、それが住宅街で一坪一〇〇〇万近くまで上がりました。大通りの駅の近くでは坪四五〇〇万という話も聞きました。それでは土地に一万円札を敷き詰めるよりも高いではないか。それと共にアパートの賃貸価格もあれよあれよという間に上がって行きました。

1DKで億を超すマンションが売りに出されました。不忍通りで小さな商売をやっていた高齢者は、土地や借地権を売り、埼玉や千葉に日当たりのよい、広い家を買って老後を過ごすために越して行きました。木賃《もくちん》アパートに入っていた人たちは施設に移るか、追い払われました。地上げにあって急にお金が入り家族が崩壊した、放火や殺人事件が起こった。郊外に引っ越して見知らぬ町や家になじめず、すぐ亡くなった、認知症が進んだ、という例をたくさん見聞きしました。私たちはそれを一二号の「谷根千　底地買い『再開発読本』忍ばず通りが大変だァー」という特集で取り上げました。

変わって高価な新しいマンションに越してきた人たちは、証券会社とか外資系企業に勤めるゆとりのある人々、あるいは売れっ子の写真家やデザイナーなどで、町の雰囲気が変わってしまいました。地価上昇や土地のブランド化によってより貧しい層が追い出され、富裕層が入ってくる、この現象をジェントリフィケーション（都市の富裕化現象）といいます。

一九八六年から九一年まで、いわゆるバブル時期には、私たちも建物の保存や、歴史の聞き書きより、地上げ屋との戦い、住宅問題、地域をどうするかの地域のコンセンサス作りに追われました。私たちは地価の変化を肌で感じていましたが、新聞などは路線価が上がってから記事にしていました。そしてバブルがはじけたあとの一九九二年ごろ、再び谷根千再開発を三二号で特集しました。地域の歴史を掘り起こし、活字に定着させると同時に、私たちは地域に起こっている問題に機敏に対応し、みんながいまいちばん読みたいと思っているテーマを特集したつもりです。

区役所や、東京都、国にも正直に感じたことをいうと、ときには「左翼」「過激派」などとレッテルを貼られました。どうも大勢になびかず自前の意見をもつと過激派といわれるらしい。地域は町会青年部が選挙になると、そのまま自民党の選挙主体になるような時代でした。長いものには巻かれろ、出る杭は打たれる、は何度もいわれた忠告の言葉でした。選挙に出る下心があるのではないか、とも噂されましたが三七年間、出馬はしなかったので、そういう噂は消えました。しかし国政の恐ろしいまでの劣化を思うとき、まず地域を変えるために、積極的に自分なり仲間の誰かを私たちの声の代弁者として地方議会の候補者に立てなかったのは、まちがいだったと反省しています。

日本で政治家という仕事は特殊な仕事と思われ、選挙に出る人は変わった人だと思われています。結果、世襲政治家がはびこり、既得権益、収賄や企業接待の悪習が継続します。さらに地盤、看板、鞄（お金）がないと選挙にはなかなか勝てません。自民党の議員の多くは親の地盤を継いだ人です。あるいは日本では、中央省庁のキャリア官僚が県知事選などに出ます。住民は政治に関心がなく、投票率も低い。ドイツは緑の党がまさに「地域から市民が変える」を合い言葉に、市民活動家をはじめコネや汚職のない環境系の議員をたくさん登場させました。3・11後、メルケル首相が脱原発を明言したのも、こうした州議会の変化を背景としたものです。

編集と情報機器

印刷技術についてはすでに述べましたが、この三〇年で、どれほど編集や執筆の仕事も変わったことでしょう。『谷根千』の初期、私たちはコクヨのB5の四〇〇字詰め原稿用紙を使って、鉛筆で原稿を書いていました。いまはパソコンのワード文書です。また資料は鷗外記念本郷図書館ほか文京区、台東区立図書館、それで見つからないと日比谷図書館、都立中央図書館、国会図書館に行って調べました。

写真撮影もまだフィルムの時代で、アマチュアカメラマンだった父から結婚祝いにニコンのF2をもらったので、それを使いました。しかもフィルム代と現像代を節約するため一ヶ所、あるいは一人を二カットくらいしか写さなかった。私には不相応なそのカメラが一〇年くらい酷使したある日、金属疲労を起こしてぱかっと割れました。自転車を止めては写し、まえのカゴに放り込んだりしたぞんざいな扱いのためかもしれません。

東大図書館や国会図書館で資料をコピーする順番待ちがたいへんだったので、プラスからコピージャックという感熱紙に写す小さな器具ができたとき、七万円もするのに無理して買いました。しかしこれは幅が少ししかコピーできない、使いにくい代物でした。

資料はできるだけお借りせず、その場で近くのコンビニに行ってコピーをとってすぐ返す、長期に借りるときは借用書を書く、などのことを励行してきました。やがてデジカメというものができて、資料をその場で写真に撮れて驚きましたが、いまはスマホで撮れば、家に帰るとすでにパソコンに保存されています。コピーをしなくても写メで転送できます。拡大もできる。便利になったものです。

また動画でも町を記録したいと考え、初期の八ミリビデオを一九万円も出して買いましたが、ほとんど使わないでお蔵入り。そもそも話を聞きに行って一人でノートを取り、写真を撮り、インタビューの録音をするのは手に余ります。いまはずっと性能のいい撮影機材が安価に買えます。それも最初はカセットテープ様のものを使っていましたが、現在はメモリーカード一つに収め、パソコンに移しています。スマホでも鮮明な動画が撮れます。3・11後、スマホで撮った被災地の映画が出たときは驚きました。といっても、私の動画熱はあっという間に冷めてしまったのですが。こんな風に、編集をめぐる機器も三〇年で大きく変化しました。

最初のパソコンを買ったのは二〇〇〇年ごろ。手書きが好きだったので、ずっとそれで行こうと思っていました。ところが『本とコンピュータ』という雑誌で、地域の仲間でもある河上進さんが「機械に弱くても学べるパソコン」みたいな連載をやりませんか、というので、大先輩の作家、小沢信男さんとの往復書簡みたいな形で連載を始めた。河上さんが秋葉原で、マックを買うところから付き合ってくれ、設置もし、手取り足取り教えてくれました。

その後、MacBook Pro を買い、高価なそれにコーヒーをこぼしてダメにしたので、「キーボードとパソコン本体が別なほうがいい。キーボードだけなら一万もしないで買えるから」というので、家では画面の大きな iMac を使っています。最初、インストールもクリックもアカウントもアプリもダウンロードもペーストも、横文字は何が何やらわからなかったのに、どうにか、ワードやエクセルも使えるようになりました。といってもまだまだローテクです。しかし毎日、朝から晩までパソコンに触っているという点ではハードユーザーにちがいありません。

しかしパソコンのまえにいない時間を私は大事にしています。どうしても仕事をしすぎますし、五〇代のときに、一〇〇万人に五人という自己免疫疾患原田病を患い、これは目のブドウ膜が薄くなる病気なので、パソコンの液晶画面を見るのは疲れます。座るのが楽な椅子を買い、日当たりのいいところにおき、外光でのんびり読書をしています。パソコンを使うときはいちばん暗い画面にし、しかも遮光レンズ入りのメガネをかけています。自分の体を守るためには大事なことです。

最初四人だった私たち『谷根千』スタッフの子どもは増えて、一〇人になりました。健康な子も、生まれたては病気がちな子もいました。あるときは赤ん坊二人が同時に駒込病院に入院したこともあった。朝は保育園に重い資料や本のバッグと、子どものシーツやおむつを入れたバッグを載せ、子どもを前後ろに乗せて通いました。私の家では三人が三歳ずつ離れていたので、下の子が保育園に入るときには上の子は小学校に入り、三人を保育園に同時に送り迎えしなくてすみました。娘はいつも放課後の学童保育が終わると、坂上の鷗外図書館の児童室で本を読んで保育園帰りの私を待って、本の虫になりました。

ろくすっぽ朝ごはんもつくらず、保育園がお十時、お昼、おやつ、そして夕方にも軽食を食べさせてくれたので、お腹も空かせず、栄養も足りたのだと思います。どうやってあの頃、生き延びたのかわかりません。

保育園は夏休みも冬休みもなし。小学校に入ると休みの間は学童保育のお弁当を作らなければならない。これも朝つくる余裕がなく、コンビニや町の弁当屋で買った弁当を届けたこともあった。指導員から「お宅だけ、お弁当がありません」と仕事場に電話がかかり、慌てて届けたことも何度もありました。これも学校と仕事場が近かったのでどうにかなった。あのときはそうにしか生きられなかった、というしかありません。

弁当までパーフェクトにつくったら、私は過労死していたでしょう。いまだに、「お母さんのお弁当最悪」エピソードは三人の子どもたちが集まると、被害者同士連帯感を感じるお笑いネタになってます。「開けたらだるま弁当の蓋に海苔が張り付いて、あとは白いご飯だけだった」とか「俺なんかもっとひどい、キュウリの気持ち悪い炒め物のつゆがりんごにしみていた」とかね。

第七章　離婚して物書きになる　一九九一

いちばん下の子がまだ保育園にいるころに、一二年の結婚をほどきました。一九九一年のことです。好きで一緒になった人でしたが、双方やっていることがまるで違い、お互いの仕事や考えをゆっくり話し合う余裕もなく、会話は子どもの保育園の迎えや送り、行事への参加などのみの業務連絡と化していました。

よく芸能人が離婚する際、多忙によるすれ違いが理由とされますが、私たちもそういえばそうでした。ただ、夫だった人が、『谷根千』の小さな成功にもヤキモチを焼かずに「すごいなあ」と喜んでくれたこと、一時、同居した父方の祖父の世話もよくしてくれたことには、いまも感謝しています。

一方、家事育児も半分担っているように夫は思っていたでしょうが、やはり七、八割は私がやっていた。男性は少しでもやれば「家事育児をよくやる協力的なお父さん」といわれ、夫は保育園の親の会の会長もしていたので、離婚したときは私より園長のほうがショックだったようです。そうかしら、うちは離婚前から母子家庭みたいなものでした。

夫は勉強と仕事と社会活動でほとんど家に帰ってこなかった。休みの日には、私は子どもたちと上野動物園か科学博物館によく行きましたが、お父さんに遊んでもらう子どもを羨ましそうに見る我が子がちょっとかわいそうでした。近くに安く遊べるところがあって助かりました。荒川の河川敷の空き地の沼でじゃぶじゃぶ泳いだりしましたが、そこは工場跡で土壌が六価クロムを含有していたと聞き、慌てたこともあります。

私のほうにも「休日は家族揃って戸外で遊びたい」といった小市民的な気分もあった。「家事を分担してほしい」と思いながら、慣れない手つきの夫を見て「なんとなく落ち着かない」「私がやったほうが早い」と思ったのも確かです。双方に乗り越えるべき身に染み付いた偏見や癖がありました。いま、娘が夫に掃除も炊事もさせて、自分は座って新聞をゆっくり読んでいるのを見ると、なんと時代は変わったものだ、と思います。

『愛はなぜ終わるのか』（ヘレン・E・フィッシャー／一九九三年）という本の帯のコピーは「人間は4年で離婚する!?」でした。ただの熱烈な恋愛はたいていそのくらいで終わるようです。それ以上パートナーを継続している人たちは、まあ世間体で別れられないのは論外として、私の両親のように、歯科医院という一つの事業を協力して経営してきた同志愛とか、相手の仕事や人格への尊重と尊敬がないと続きません。

そして女性が「あなたの夢についていく」という時代から、「お互い自分のやりたいことを追求する」時代になったのですから、結婚が続くのはかなり困難です。一夫一婦制は「性的にお互いを占有する」という契約でもありますが、人生のうちにはもっと好きになる、魅力ある人も出てきます。

まちがった結婚をほどき、相性のいい人と一緒になるのもいいと思います。あるいはこの人と幸せになるんだ、と覚悟を決めることです。私たちも、お互いががんじがらめに絡まって根腐れを起こすよりはと一二年目に別れましたが、子どもたちには相談と説明をし、離婚後も、夫だった人は私のいないときはよく、子どもの面倒を見てくれました。

『谷中スケッチブック』

二〇代が社会に出て仕事を覚えた時代とすれば、三〇代は、『谷根千』という自前のメディア、地域雑誌をどうにか町で継続・定着させた時代でした。三〇代に入った一九八五年暮れに二冊目の単著『谷中スケッチブック』が出ました。これは同じ出版社にいた横山さんという友だちが独立して始めた出版社エルコで出してくれました。いま思い出しても懐かしい。活版印刷で、装幀は『谷根千』の仲間、山崎範子の夫の一夫さん。

この本は『谷根千』の仲間たちが町中の委託店一〇〇店くらいに運び、三人で八〇〇〇部くらい売り歩いたものです。いま思えばものすごいエネルギー。仲間の二人に感謝です。本は別に本屋だけで売らなくてもいいんじゃないかとさえ思いました。これは現在、ちくま文庫になり、三五年、生きています。

谷中の寿司屋、まちづくりの仲間の野池幸三さんのお声がけで、全生庵で出版記念会まで開いていただいたのは身にあまる光栄でした。その日は谷中生まれの俳優、金子信雄さんが講演に駆けつけてくださいました。金子さんはなんで呼ばれたのかわからずに来てくださったらしいのですが。

しかし、そこはそれ、場慣れしている役者さん、ユーモアたっぷりの中身のあるお話をしてくれました。金子さんの父上は谷中で歯医者をしておられ、私の祖父と同時期の東京歯科医学専門学校の卒業生でした。信州の国鉄職員だった寿司屋の野池幸三さんが、組合運動をしてレッドパージで国鉄を解雇になり東京に出てきて、薔薇座という劇団に入って俳優を目指したとき以来のお付き合いがあった。どうりで野池さんはカラオケもうまいものです。また野池さんの中にある反骨精神はこの若いときの経験が根を下ろしているように思います。

あとで親しくなった物書きの先輩が『谷中スケッチブック』を読んで「さて」が多すぎて笑った、といいました。たしかに、町を歩きながら、歴史の解説をしている本なので、道を曲がるたびに「さて」次はどちらへ行こう、何のことを説明しよう、が出てきます。

また数ヶ月で書いた本なので、あとで文庫の解説を書いてくださった大先輩の小沢信男さんは「ほころびご容赦！」という『谷根千』の後記に手書きで書いた私の言葉をそのまま解説の最後につけてくれました。昭和二年、銀座生まれの小沢さんから見たら、あちこち、おぼつかないところがあったのでしょうが、そんなにまちがいが多かったかなあ。

編集から書く仕事へ

『谷根千』のやっていることに興味を感じた編集者から、エッセイを頼まれることがありました。それを書いて活字になると、またそれを見て、原稿依頼がある。そんな風にだんだん、エッセイや書評、解説など仕事が増えていきました。最初は三枚のエッセイを書くのでも「どうしよう、どうしよう」という感じで一週間もかかりました。そのころ頼まれた、ちくま文庫の『岡本かの子全集』や『滝田ゆう漫画館』の解説など、一〇枚書くのに一ヶ月近くかかった覚えがあります。別に時間をかけたからよいものが書けるとも限らないのですが。私の場合、調べすぎ盛り込みすぎて、原稿が硬くなる傾向があり、気をつけて、物によっては、ふわっと書く、がっちり書く、いろんなスタイルを試しています。

だんだん長いものを速く書けるようになりました。原稿料は八〇年代のほうがよくて、四〇〇字詰め一枚五〇〇〇円から一万円くらいでしたが、いまは本や雑誌が売れなくなり、三〇〇〇円から五〇〇〇円くらいのときもあります。ウェブ連載だともっと安い。また本にまとめるまでにPR雑誌などで連載させてもらえたものですが、これもいまはなくなっています。これでは生活はかなり困難です。

晶文社の津野海太郎さんと知り合い、『小さな雑誌で町づくり』（のちに『「谷根千」の冒険』と改題）をつくってもらったのが離婚した一九九一年、私には毎日泣いていた記憶しかないのですが、担当編集者の疇津真砂子さんは「森さんは離婚の最中でもなんだか元気でしたよ」という。

一九九二年には『不思議の町 根津 ひっそりした都市空間』が山手書房新社から出ました。これは『谷中スケッチブック』を出してくれたエルコの横山さんが山手書房新社に入るのに当たり、企画ごと持って行ったものです。

『抱きしめる、東京』

一九九三年には『抱きしめる、東京 町とわたし』が講談社から出ました。高柳信子さんというベテランの女性編集者が「これは大きな出版社から出る最初の本で、いままでの森さんの履歴のようなものですから、名刺代わりになりますよ」とおっしゃったのを覚えています。高柳さんは子どもを三人抱えた母子家庭に、インスタントカレーうどんをダンボールで送ってくれました。

三〇代の後半、私は毎日新聞の書評委員をしており、高田宏、池内紀、関川夏央、松山巖、佐藤健二、逢坂剛そして須賀敦子などの各氏と出会いました。それぞれの世界で、独自の道を切り開いてきた文筆家であり、委員会のあとの食事や二次会の席の話は仕事をするうえで、たいへん勉強になりました。おもしろいことにこれらの方々のほとんどが原稿は手書きでした。みなさん、たいへん個性的ないい字を書かれました。いただいた手紙やハガキはいまも大切にしています。

四〇代に入るころから、コンスタントに本が出はじめたのですが、よかったと思います。というのはあまり勉強しないうちに、書きたいテーマのタメがないうちにデビューしても、あとが続かないからです。出版社は話題作りに文学賞の「最年少受賞」などと宣伝しますが、一〇代でデビュー、八〇代まで書き続けるのは息が続きません。書評委員会で高井有一さんが「どんな作家だって一〇年がピークですよ。そんなに長続きはしないもんです」と言われたのを覚えています。各社が本を出しませんかといってくれた時期に、私には書きたいテーマがいっぱいありました。そして、私は『谷根千』の事務所番と配達は勘弁してもらい、その分、『谷根千』からもらっていた少しばかりの給料は辞退しました。つまりそれからも私は『谷根千』の取材、執筆、編集はしましたが、これは私にとっては、ボランティア、趣味ということになりました。私と同じ仕事に加え、相変わらず配達や事務所番をしているあとの二人になるべく多く給料をもらって欲しかった。

事務所はあとの二人に任せて

ここで小さな雑誌の経営について正直に述べましょう。創刊三年目に有限会社にした谷根千工房は最大でもざっと年間一五〇〇万円くらいの売り上げで、これが多いか少ないか。事務所も安くお借りでき、編集や印刷にかかる経費を除くとその半分くらいは残りました。いちばん多いときで月に二五万円の給料は出せたと思います。朝から夕方まで、ときには徹夜して働いていたので、公務員並みの収入はもらってもいいよね、といっていましたがボーナス、退職金は出ません。なおかつ、年金も厚生年金とは比べ物になりません。

でも、主婦が再就職しようというときに最初に就職しやすいスーパーのレジとか、お弁当屋さんのアルバイトなどの非正規雇用よりは、かなり割のよい労働報酬でした。けんかはしたけれども、仲間に嫌いな人がいるわけではなく、人間関係で精神的なストレスは感じないですみました。私が文筆家として自立しようとしたときに邪魔しないで、背中を叩いてくれた仰木ひろみと山崎範子の二人、二〇〇九年の終刊まで、共に働いた仲間たちに感謝します。そして、いつも面倒な税務をうんと安価に引き受けてくださった会計事務所にも。ここに名前を記すと仕事が殺到するといけないので、書きません。

一九九三年には毎日新聞の吉田俊平さんの依頼で、谷中の新内《しんない》の師匠、岡本文弥さんの聞き書き『長生きも芸のうち 岡本文弥百歳』が出ました。大正期を雑誌『おとぎの世界』の編集者として、またアナキストとして生きたすばらしい芸人で、私は六〇歳年上の師匠に恋をして、谷中のお宅に通いつめました。いまでも愛着の強い本です。新内という分野が地味なので、文楽や志ん生の聞き書きのようにロングセラーにできなかったのは申し訳ないことでした。このころ、書評委員会でご一緒した逢坂剛さんが、「森さんの新刊、本屋で視認しただけで四冊。よく出すね」と冷やかされたこともありました。

本というのは難しいもので、連載だけたくさんやっていても一向に本の形にならない時期もあるかと思うと、ドッと本が出ることもある。他の人を見ても、旬の書き手は周りがほうっておかない。その人気はしかしなかなか続かず、次の似たような著者が出てくると座を取って代わられてしまいます。それも栄枯盛衰、諸行無常というものです。

「新しい書き手はいくらでも供給される。編集者なんて売れなくなったら洟《はな》も引っ掛けない」と大先輩から聞いたこともあります。たしかに編集者は会社員で、大出版社は給料は上がる一方かもしれませんが、書き手のほうは売れ行き次第なので収入は乱高下します。一方、出版社によって給料には二〜三倍の開きがあり、ボーナスや残業代の出ない会社も多いようです。それはこの二〇年の傾向で、インターネットなどメディアの多様化と教養主義の終焉もあって、もはや出版は不況知らずとはいえなくなりました。老舗の出版社は、不動産の賃貸収益でどうにかしのいでいると聞きます。

一九九六年に新潮社から『明治東京畸人傳』が、九七年に同社から『鷗外の坂』が出ました。四〇代の初め、いま思えば最も気力体力があったころでした。このころ、家賃は高いのに狭くて汚いアパートを出て、向丘のお寺の境内に越しました。旧町名でいうと駒込蓬萊町の桂芳院瑞泰《ずいたい》寺というなんとも縁起のいい名前です。そしてその辺から私の運と収入は少しずつ上向きになりました。そのとき、同じ寺の借家人で運気を見る人がいて、「あなたはもう一回結婚する。それはうんと年の若い人か、外国人だ」というご託宣が出たので、そんな人に会うと、「これかな」「あれかな」と思ったものですが、この八卦《はっけ》はどうも当たらなかったようです。

編集者は木村由花さんで、最初会ったときは彼女も二〇代の終わりではなかったかと思いますがステキな人でした。声も美しく、字も美しいのです。そして作家の耳に嫌なことは一つも入れないで、実に的確なフォローをしてくれる。このころは本を出せば書評もたくさん出たし、毎週のように、彼女から弾んだ声で「また増刷になりました！」と電話が来るのでした。

『鷗外の坂』はいくつもの賞の候補になりましたが、芸術選奨文部大臣新人賞をいただきました。伝記や地誌の世界は、小説のように、賞を取らないと本が出ないということもありませんし、賞の数も少ない。あまり意識しないできましたが、新聞に載ると友人たちからお祝いの電報が来たり、お花が届いたりとうれしいものでした。賞金は三〇万円で暮らしは助かりました。

たくさん賞を取る先輩から「一つもらうと、落ち着くよ」といわれたのはその通りでした。次に書いたものでいただけたのは二〇〇三年の『「即興詩人」のイタリア』のＪＴＢ紀行文学大賞、これは賞金一〇〇万円のほか、副賞にＪＴＢの旅行券が一〇〇万円分ついており、ヨーロッパ旅行へ行き、次の本の取材をすることができてありがたかった。

さまざまな文芸の分野

本を何十冊と書いてきましたが、そうしなければ生活が成り立たなかった。外国、特に欧米で「ライターです」と自己紹介すると、「何冊、本を書きましたか?」と聞かれ、正直に答えると「ヒュー」と驚かれます。アメリカの大学のシンポジウムに参加したとき、「いままで七〇冊も本を書いた方に会ったことがないので光栄です」といわれたときには皮肉かとさえ思いました。でも読者の母数が多い英語圏と違って、私の本など、現在では一冊書いても印税は数十万円、「下手な鉄砲も数撃ちゃ当たる」でないと、生活が成り立たなかったのです。子育て、特に学費のためには売文業だと割り切ってもきました。生活のために書くのか、芸術とか大義のために書くのか、これは樋口一葉以来、万古不易の問いといえるでしょう。

誤植とかまちがいを書くこともなかったとはいえません。昔は厳しい校正者がいて、誤植を見つけた読者には懸賞を出した会社もあるそうです。また『谷根千』の年配読者も誤植には厳しくて、「一度活字になると取り返しがつかないから」という方が多いのでした。

しかし、人間はまちがいを逃れることはできません。

誤植がわかると、編集者は「申し訳ありません。私が気がつくべきでした」といってくれます。こちらも「よく調べないで書いてごめんなさい」という。たしかに書いたのは著者ですが、それを目を変えて読み、まちがいがないかどうかを探して正すのは編集者や校閲者の仕事です。増刷できれば誤植はそのときに直すことができます。単純誤植はまだしも、考え方にまちがいがあるのではないか、人を傷つけたのではないか、という恐れがあると寝られなくなってしまいます。幸いいままで大事故は起こっていませんが。

ゲラの段階で校閲者からまちがいの指摘があると怒る著者もいるそうですが、私は「ありがたいことだ。これで世間に恥をかかなくて済んだ」と思うほうです。活字になってからでも、読者から、誤植の指摘が来ることがあり、お礼を書くのもたいへんです。「すでにお気付きのことと思いますが……」「僭越ですが」と書いてくれる読者は優しいのですが、「こんなことも知らないで本を書くのか」とまで言われると、しばらく落ち込みます。最近では人の粗探しをして鬼の首でもとったようにSNSで晒すのが趣味というようなマニアックな人もいて困ったものです。一体、彼らは何が目的なのでしょう。

たくさんの本を出してきましたが、出版記念会なるものをしてもらったのは、まえに述べた『谷中スケッチブック』と、一九九一年の『小さな雑誌で町づくり』の二冊だけです。後者は、不忍池地下駐車場反対運動のさなかで、台東協同法律事務所の清水洋弁護士などが発起人になり、著者というか、『谷根千』の三人を応援しようと開いてくださり、記念に三人が手作りの万年筆をいただいたのを覚えています。うれしい会でした。

実際には、出版記念会を開く暇があったら、誤植でも探すか、一冊でも資料を読み、よく考えて次の本をつくりたいと思います。他の方の出版記念会も基本的には行きません。ホテルを借り切って、会費が二万円というような出版記念会に出る経済的余裕もありません。

どうやったら、書いたり、編集したりの仕事に就けるのかと聞かれます。

一つには出版社や編集プロダクションに入って、雑誌記者になる方法がある。女性誌なら化粧品やファッション、食事、旅行などに強いライターがいます。たくさん仕事をこなせば、かなりの収入も期待できます。そこから実用書や紀行文の作家になる方もいます。スタイリストといって、撮影に必要な小物、バッグや靴や帽子、アクセサリーなどを揃える仕事も注目されています。

しかしいま、大型のビジュアル雑誌は次々と廃刊になっています。母が楽しみに定期購読しており、加藤周一や犬養道子や石井好子の連載が私に多くを教えてくれた『ミセス』が廃刊になったときはショックでした。これも昔は服でも、料理でも「つくり方」が載っていて楽しみでしたが、最後のころは化粧品やブランドの服、海外旅行の記事ばかり多く、読むところがなかったというのが正直なところでした。

小説を書いて世に出るには、新人賞に応募して賞を取らないと活字にすらならないようです。そして芥川賞ほどの誰でも知っている賞を取っても、半年後にはまた次の受賞者が出て、消えていく人も多い。かつては労働者文学とか農民文学とか、別の文学世界がありましたが、労働運動の衰退、農業従事者が一三六万人（農林水産省「農林業センサス」、二〇二〇年）に減ったいまは、あまり存在感がありません。私が高校生くらいまでは野間宏、中野重治、埴谷雄高、大西巨人、佐多稲子らを擁する左翼文壇というのもあって、よく読んだものですが、それも消えたようです。

『小沢信男さん、あなたはどうやって食ってきましたか』（二〇一一年／SURE）という本はたいへんおもしろい。作家、編集者として九五歳まで地味ながらいい仕事をされた小沢信男さんが飄々と生きる方法を語っています。「親の脛はかじるだけかじるもの」にも笑いました。左翼方面でも生きる方法はある、と労働組合の文芸欄や文芸雑誌『新日本文学』の編集で生活してこられた小沢さんは言います。

ノンフィクションの難しさ

三〇代のころ「小説を書いてみませんか」と何度かいわれました。でも私は頭の中から想像力でフィクションを紡ぎだす才能はないと思いました。ノンフィクションは資料集め、インタビューなどに行かなければならず、相当の取材日数と費用がかかります。もちろん資料を駆使し、取材して小説を書く方もいるでしょう。その取材費用はかつては出版社が出してくれる場合もありましたが、最近はないので、経費は大抵、印税を上回ります。能力の高い人々はよほどそれが好きでないかぎり物書きという分野に参入しなくなってきたように見えます。

ノンフィクションの賞は大宅《おおや》賞、新潮ドキュメント賞、講談社 本田靖春ノンフィクション賞など少ないのですが、最近では新聞記者やＮＨＫのディレクターが受賞することが多くなりました。「彼らは給料をもらって、取材費ももちろん出ていますので、太刀打ちできない」という物書きもいます。

私は「世界・わが心の旅」というＮＨＫの番組に出演したことがあります。取材地のチェコに着くと、すでにリサーチャーが二ヶ月かけて、そのテーマについてあらゆることを調べ、データを揃えて待っていました。誰にインタビューすべきか、資料の文書はどこにあるかということです。これらを自在に使ってノンフィクションが書けたらたしかにいいな、と思いました。

「21世紀の人々へ」というＮＨＫのインタビューがきっかけで、京都大学の林学を森林生態学に変えた四手井綱英さんの聞き書き『森の人 四手井綱英の九十年』（二〇〇一年）をつくりました。出雲で百姓を名乗る木次乳業創業者佐藤忠吉さんの聞き書き『自主独立農民という仕事 佐藤忠吉と「木次乳業」をめぐる人々』（二〇〇七年）もＮＨＫのチーズ作りの番組の取材がご縁で、その後何度か足を運び、『通販生活』などに記事を載せていただき、単行本にまとめたものです。そのときのディレクターの方たちの好意もあってのことですが、この二冊は足立恵美さんという編集者がつくってくれました。

高収入を願うのであれば、文筆家や編集者になることはお勧めしません。かつて長者番付に松本清張さんや司馬遼太郎さんが載り、小説家は高収入の仕事だと思われていた節があります。しかしあれほど売れる作家は空前絶後でしょう。北九州の松本清張記念館に行って、四〇代過ぎからの出発であるにもかかわらず、七〇〇冊以上の本を出したと知って、気が遠くなりました。一年に二〇冊くらいずつ刊行された勘定になります。

なぜ書くのか

関川夏央さんが、日本文藝家協会の機関誌で書いておられたことですが、二〇一六年、出版物の総売り上げは最盛期の一九九七年の三分の一。つまり、一九九七年に収入が一〇〇〇万あった作家はいまは三〇〇万くらいしか収入がないはず、と。何か思い当たる数字です。編集者と話すと「本が売れない」「企画が通らない」というばかりです。どこでも本を出す決定と刷り部数について相当に慎重になっています。数年前には中国からの観光客の買物（爆買いとはいいたくありません）の売り上げが、日本における出版の売り上げを超えたというニュースを見ました。

また作家は、原稿料や印税はすべて源泉徴収で捕捉されていますので、収入を少なく申告することはできません。仕入れのない商売で、経費は紙と万年筆、いや、いまはパソコンとプリンターと電気代、そして旅費くらい。この算定も難しいです。故吉村昭さんが書いておられたことですが、「今年旅行に行ったことを来年書くのでなく、もしかすると三〇年後に随筆や紀行文に書くかもしれない。だから旅費は経費に認めてもらいたいものだ」と。同感です。

また詩人や評論家は昔から収入の少ない仕事とされており、最初から大学教員などを兼業している方が多いようです。いまは作家も生活が成り立たない仕事になってきたので、多くの作家が大学で教えるようになりました。作家の収入は不安定ですが、大学は定年まで毎年少しずつでも収入は上がっていくのです。私も三年だけ、大学の正教員になりました。しかし大学教員も以前に比べ、自由度の低い忙しい仕事になり、授業の他に、学内の会議、入試の立ち会い、入試問題の作成、夏休みの国際研修の引率、高校訪問など管理業務に忙しく、なかなか取材をしたり、調べたり、書いたりする時間はありません。結局、両立できずにやめました。

なぜ本を書いているかというと、知らないことを調べたり、知識を得、わかることが好きだからです。「あなたはよほど、人間に興味があるんだね」といわれることがありますが、先人のことでも作品にしか興味がない人もいます。研究者としては正しい姿かもしれませんが、私は画家でも作家でも、その人の性格や人生に興味をもってしまいます。ときには身長や食べ物の好き嫌いにも。抱えたトラウマやコンプレックスにも。後世の人がたった一人でも、自分の調べたことを読んだり、活用してくれたらうれしいと思っています。

第八章　講演、テレビから保存運動まで

地域雑誌『谷根千』から出てきた人といわれるのですが、一九八三年の『ほんのもり』のほうが先なので、書評を始めたほうが早い。ブックレビューは大切な仕事だと思います。建築でも、美術でも、文学でも、音楽でも、きちんとした批評のない業界は仕事の質の向上が見込めません。

『ほんのもり』が一年少しで終わったあと、私は毎日新聞学芸部の奥武則さんの依頼で、毎日新聞の書評欄に六〇〇字の小さなコラムをもちました。大きな書評から漏れた、女性や子どもや暮らしにまつわる本を取り上げていく欄です。毎月原稿料を一万五〇〇〇円もらえたので、これで水道光熱費や電話代が払え、ありがたい仕事でした。

新聞書評という仕事

一九八五年ころ、家にはファックスもなく、鉛筆で書いた生原稿を毎回、毎日新聞まで持って行きました。お産のまえでマタニティドレスを着ていたからか、担当の記者が心配して黒塗りの車で家まで送ってくれたことがあります。路地の借家のまえに大きな車が場違いで、降りるとき、恥ずかしかったのを覚えています。それが紙面刷新で終わるころ、「次は書評委員をやりませんか」と頼まれました。何年も続いたコラムが終わるのは半分寂しく、半分やれやれだったのですが、私はまだ三六歳で、抜擢に違いありませんでした。当時は書評委員は男性の大家がやるものと決まっていたからです。

書評委員会は毎月二回行われ、竹橋のパレスサイドビル地下の中華料理店の丸いテーブルに本がうずたかく積み上げられ、それを料理を取るときのように回しながら、手にとって興味を惹かれた本を選び、みんなで合意のうえで誰が書くかを決めるというものでした。評論家の多木浩二さん、哲学者の今村仁司さんなどの厳しい発言には震えあがりました。お二人とも亡くなられましたが。

よく書評をあとがきと帯だけ読んで書く人がいる、と聞きますが、そんなことはできなかった。必ず全部読み、どこを引用するかを決めるために、引っかかったところに鉛筆で薄く線を引いたり印をつけたりしていきますので、そこを再読し、二度くらいは読みました（鉛筆なら消せますから）。

書評は難しい仕事です。本のことは著者がいちばんわかっています。自分の本が書評されるときでも、あ、意図通りに読んでくれたな、という場合と、何かとんちんかんなことを褒めてるな、と思うときと、著者の気付かないこの本の美点や意義まで見つけてくれているな、というときもあります（鶴見俊輔さんの書評にはいつもそれがありました）。だから書評のいちばん厳しい読者は著者です。

一生懸命その本を編集した編集者のことも気になるし、見当ちがいな書評で売れなかったら営業妨害なので、出版社のことも気にしないわけにはいきません。批判を書くのは勇気がいります。批判は褒めるより何倍もスペースがいり、裏をとる必要があります。そういうわけで、類書を読んだり、著者のまえの本も読んだりしなければなりません。でもいちばん向き合って書くべきなのは読者です。その本が良き読者を見つけるための手掛かりが書評だからです。

褒めてあるけれど気持ち悪い書評もあれば、厳しいことが書いてあるが的確で、そのためかえってその本が読みたくなるような書評もあります。

以前は、朝日新聞の書評欄に載ると本が二〇〇〇部は動いたといわれます。いまはそんなこともない。朝日の書評委員になると接待や付け届けが増えるという噂も聞きましたが、私が委員だった二年間、幸いそれは一切ありませんでした。

というわけで私は毎日、読売、朝日新聞、その後、共同通信や北海道新聞、信濃毎日新聞の書評委員を務めましたが、十年もするうちに本を読むのがだんだん楽しくなくなってきました。朝、起きると宅配便でどこどこと本が届きます。友だちの著書もありますし、知らない方も自費出版から自分史まで送ってくださるのです。私も読んでもらいたい方のところには送りますから、その気持ちは痛いほどわかる。本になるまでの大変さ、著者の熱意が伝わってクラクラします。

やがてジフィーバッグといわれる書籍小包用の包みを開けるのすら億劫になり、積み重ねておきました。本は捨てるわけにもいかず、とうてい読みきれる量でもない。一日一冊読んだって、一年で三六五冊、一〇年で三六五〇冊、五〇年で二万冊弱が人間としては限界でしょう。三万冊の本をもっている人は一部は読んでいないかもしれません。速読を誇る人がいますが、そんな読書は楽しいのでしょうか。

いつか読もうと思って購入し、積んである本があります。読むのに一週間、いや一ヶ月かかる手強い本もあります。何度も読みかえす本もあります。そして私は二〇〇七年に一〇〇万人に五人しかかからない原田病という目の病気を患い、失明の危機に至り、書評の仕事は残念ながら、ほぼお断りすることになりました。

考えてみれば、評論という仕事は、いつも出たばかりの本を扱います。映画や美術や芝居でもそうです。いくら出たばかりの評判の本でも、興味がなく、相性がよくないのに読まねばいけないとは因果な商売です。ことに目を悪くしてから、そのとき、本当に読みたい、必要とする本しか、読めなくなりました。積読《つんどく》本の中に、いまこそ読みたい本を見つけると、砂漠でダイヤモンドを見つけたような気分です。

またネット注文などで一〇年二〇年前の本も手に入りやすくなり、新刊書評だけでなく、随分まえの本に光が当たることも最近は多い。たとえば屋久島に住んだ詩人の山尾三省さんの本を私は一九八〇年代によく読みましたが、彼の本はいまやっと時代が追いついてきたという感じで、野草社から再刊されています。ヘンリー・ソロー『ウォールデン 森の生活』も岩波文庫がありましたが、挿絵入りの新訳(一九九五年)が出たこともありました。

他に文庫の解説や全集の月報などの仕事もあります。『中央公論』編集長だった粕谷一希さんは「書評、解説、月報、これはいい仕事ですよ」といわれました。たしかに勉強になるよい仕事ですが、私の目はそれに耐えられなくなってきました。これもほとんどお断りしています。そのうちいただく本も少なくなり、読みたい本を読みたいときに自分で町の本屋で選ぶという楽しみを再び味わっています。本はできるだけ町の書店で買いますが、一〇、二〇年前の本はもうないので、ネットで買うこともあります。もっと古いものは図書館か古本屋さんで探します。

裾野を広げると山はおのずから高くなる

よくエッセイストと書かれたり、ノンフィクション作家と書かれたりもしますが、作家・編集者と書く必要から短いほうを使っています。「いろんなものを書くんだから、ただの作家にしておけばいいですよ」とドイツ文学者で評論家の川村二郎さんにいわれたのをお墨付きにして。評論家、文筆家、批評家などの肩書きを好んで使う方もあります。

書くものは聞き書き、随筆、評伝、批評、紀行など多岐にわたっており、テーマも地域史、文芸史、女性史、まちづくり、環境問題まで広がっています。尊敬する先輩に「裾野が広ければ山おのずから高くなる」とも教わりました。詩人で作家の富岡多恵子さんには「小説でも詩でも、脚本でも、なんでもやってみるべきよ」と励まされました。吉村昭さんと山田風太郎さんからは「小説を書きなさいよ」と勧められました。みなさん、何気なくいってくださったことに違いないのですが、宝物のように胸に温めています。それ以前に命が尽きそうですが。

小説は一回書いたことがあるのですが、我ながらあまりに下手なのでやめました。小説こそが文学であり、王道だという感じも腑に落ちなかったのです。どうしてノンフィクションや伝記で書けるものを小説で書く必要があるのだろう。どうしても小説でしか書けないことがあれば、小説に挑戦してみたいと思います。

二〇一五年、アレクシエービッチというベラルーシの女性の作家がノーベル文学賞を受賞しました。ノンフィクション分野では初めてかもしれません。彼女のテーマは「名もなき人の声を拾う」(どんな人も名前をもっており、この表現は不服ですが) ことです。私はずいぶんまえから彼女の読者でした。自分のメインの仕事もそれだと考えてきたからです。ソ連の全体主義、チェルノブイリ原発事故、ソ連の崩壊など世界史的な事件に翻弄された普通の人々の話を、個人の「小さな物語」として、聞いて綴っています。

いままで「聞き書き」には高い評価が与えられてきませんでした。歴史研究者は第一次資料を扱うのが歴史学で、聞き書きは二次資料に過ぎないという。でもそれならば、文字資料を残すことができた権力者や行政など表舞台の歴史しか残っていきません。女、子ども、農民、漁民、言葉や文字をもたないもの、生活に追われて書く、証言を残すどころではないものたちの小さな声を、聞き書き以外で残せるでしょうか。

最近はオーラルヒストリーも学問の視野に入ってきています。またフランスのアナル派のように王侯貴族や著名人でなく、路地裏や庶民の歴史に光をあてる研究も二、三〇年前から盛んになってきました。人々のかすかな声を聞き取って残すことは私の天職であり、自分はまえの世代と次の世代を繋ぐリング（環）のような存在であればよいと思っています。

いまでもときどき、編集者

いまだに人に本や記事を書いてもらうお手伝いをしたり、文章を直したり、出版社に紹介したりしています。それはこの本が世に出るといいなと思って協力するだけで、報酬をもらうことはありません。

編集という仕事はおもしろいのでやめられないのです。元編集者の作家は多い。藤沢周さんにお会いしたとき、初めまして、とご挨拶したら、「僕は二回、森さんに原稿依頼断られましたよ」といわれました。図書新聞の編集者時代、私に書評を頼んでくださったというのです。中島京子さんも「森さんの仕事場を『主婦の友』の取材でお訪ねしたことがあります。お子さんを面倒見ながら書いておられました」とのことでした。お二人とも大作家になられていますが。

黒川創さんはいまも編集グループ〈ＳＵＲＥ〉で、小沢信男さんはいまも我が隣町のタウン雑誌『うえの』で編集の仕事をしておられます。津野海太郎さんも黒テントという劇団も主宰しながら長いこと、晶文社で編集の仕事をなさってきました。津野さんは『本とコンピュータ』の編集長も務めながら、大学教授であり、和光大学図書館長で、学生向けの良書を推薦する楽しいパンフレットもつくっておられました。

戦争が終わったころ、知識に飢えた人々は岩波書店から本が出る日には徹夜して並んだそうです。まるでいま、新しいゲームソフトが発売される前夜のように。応接間を飾る平凡社などの百科事典が売れに売れたころもあります。うちにもあり、よく読みました。でもいまはメディアが多様化し、以前ほど本が売れないようです。いただくファンレターに「いつも森さんの本を図書館で借りて読んでいます」と書いてあるとちょっと悲しいです。家は狭いし、なるべく本を増やしたくない気持ちもわかるけど。

自分の文庫本がネットで一円で売られたりしていると、つい買い占めてしまいます。それはたくさんの部数が売れたということでもあり、値段が下がるのは仕方がない。また『明治東京畸人傳』は元の新潮社の文庫が品切れとなり、その後、中公文庫でも二度目の文庫にしていただけたのはうれしいことです。しかし元の文庫に解説を書いてくださった建築史家の鈴木博之さんは亡くなられ、私はこの解説が付いた文庫本をネットで買い集めて、新しく知り合った人にプレゼントしています。

本が売れなくなってきたのは確かですが、その分、「給料がいいから出版社に入る」という人も減り、本当に本が好きな人が編集者になり、一人で出版社を立ち上げたりしています。たしかに「谷根千工房」も女性三人のスモールプレスで、地域出版社であり、事業を拡大しなかったから続いたともいえます。

原稿を頼むには

ここで少し、実際に役に立つことを書いておきましょう。

昔は出版社は新人教育で、印刷工場や取次、倉庫の見学などをさせ、本屋での見習い、原稿依頼の手紙の書き方などを教えたものです。いまは教えないのでしょうか。というか、いまでは手書きで原稿依頼の手紙を書く人はほとんどいません。最初から電話で、あるいはメールで連絡を取ってきます。一面識もないのに、フェイスブックやツイッターのメッセージで依頼してくる人までいます。

頼まれるほうからいうと、依頼の趣旨がわからないものが多い。なんで私に頼みたいのか、それがはっきりしていません。さらにテーマ、締め切り、枚数、原稿料、この四つは示すのが鉄則ですが、それさえ書いていません。昔は四〇〇字詰め何枚と依頼されました。いまではパソコンですから何字という頼み方が多いです。あるいは新聞社などでは何字詰め何行という頼み方もします。

原稿料については「お金のことをいうのは失礼だと思いまして」という人がいます。「仕事なんですから報酬を明示するのは当然です。ご馳走を食べてから一〇〇円しか払いません、ということがありますか？」と私は聞くのですが。

また原稿を送っても何の音沙汰のない人もいます。いただきました、と書くだけで、何の感想もこない人。何字オーバーです、一行削ってください、と分量のことだけいう人。がっかりです。編集者は最初の読者であり、思いがあるから頼むのであって、感想もないようなら頼まなければいいのです。私がよほど相手を失望させるような原稿でも送ったかと心配しますが、書き手の友だちに聞いても、最近はこういう人が多いそうです。

「お願いしてよかったと思いました」に始まる的確な感想をいただくとうれしく、その人とまた仕事をしたいと思います。こう直したらもっとよくなる、という相談は歓迎ですが、文章を勝手に変えたり、書き足したり、注を加える人もいますが、とんでもない話です。

連載をメールで頼んだまま、忙しいからと一年間、会いにもこない人がいます。顔も見えない相手にはどうやって書いたらいいのか、困ります。原稿とは編集者に当てたラブレターみたいなものですから。若いころ、大新聞に連載をもっていました。ちっとも会いにきません。そして、連載終了のころ、打ち上げをしましょうとかいって、夕食を食べたのはいいのですが、初対面なのに、私の恋愛や結婚についていろいろ聞き出す上に、「ホテルのバーに行って飲み直しませんか」というのです。いくらなんでも越権行為だと思います。

NHKのディレクターで、ちっとも出演料を振り込んでくれない人もいました。連載の原稿料を毎回一万円も少なく振り込んでいた大新聞の記者もいました。似たような名前の他の人の口座に振り込んだという事件もいくつかありました。私が気づかなかったら、それで終わるところでした。記者も編集者も社員で給料をもらって税金も天引きなので、フリーの立場をわからないんだな、と思います。

フリーランスは、仕事をして、お金がきちんと支払われているかどうか入金をチェックし、そのあと、源泉徴収票を確かめ、それで税金を申告しなければなりません。そういう手数も含めての原稿料なのです。

また断るのもたいへんです。断るのにモタモタするなら書いてしまったほうが早そうだと思うことすらあります。一度断られると、次に頼むのは勇気がいると編集者に聞きました。ただ、自分には取り立てて知識のないこと、自分の思想信条に反することは引き受けないようにしています。

長いこと自分から営業はしたことがありません。やっといろんな仕事が一段落し、本も形になり、まえの仕事の資料を整理して、さて、次は何を書こうか、と思うころ、必ず「連載しませんか」とお話をいただくのでラッキーと思ってきました。子どもを育てているころは月に一四本連載していたことがありました。いまは毎月連載三本、単発の仕事が一、二本でちょうどいいくらいです。それでどうにか健康も保て、生活も成り立ちます。

講演を頼むには

フリーの物書きは原稿料だけで生活できるわけではありません。ときにはラジオやテレビにも出ることもあり、講演やシンポジウムに招かれることもあります。メディア出演、講演は一切お断り、そういう方もいます。でも私は、講演は読者と直接、出会う機会と思っています。

ほとんどが公民館や図書館など行政の依頼ですが、これがまた、困ることが多い。依頼する公務員は自分の給料や時給と比べて、たとえば二時間の講演で二万円の講演料は高いと思っているようですが。そうでしょうか。講演には準備が必要で、レジュメやパワーポイントの資料をつくるのに時間がかかる。会場までの移動の時間も。当日までの事務的やりとりや、後始末を考えると結構な労力です。さらにボーナスや退職金、十分な年金が出る公務員と比べられてもかないません。「フリーはそういうものは一切ないので、老後の暮らしを考えると勤め人の三倍の収入を得ないといけない」と先輩に聞きました。

他にも講演の、日時、場所、行き方、テーマ、長さ、謝礼などを要領よく伝えてほしいものです。

大した内容がない機密性もない依頼文書を添付ファイルにして、しかも暗号を入れないと開けられないようにしているとイライラします。スライドやパワポを使うか、プロフィールと写真を送れとか、どこに泊まるかなど、ポロポロと間をおいて連絡してきます。これにお付き合いするのは本当に疲れます。

一回お目にかかってご挨拶したい、という担当者もいますが、おおかた東京に出張で交通費を浮かす名目だったりします。

私の場合、目の病気をしており、正面からライトで照らされることに耐えられません。

会場の様子、事前に光の量を試してみることをお願いしますが、これもすっかり忘れている担当者、打ち合わせとは違う量の光を浴びせられることもあります。許可なくフラッシュで写真を撮るのも困ります。

以前、姫路文学館でしたか、事情を飲み込んで、講師控え室の電気を消し、「誰も入れませんので、出番までお休みください」といってくれた担当者がいてありがたかった。講演のまえに、次々役所の偉い人や議員が名刺を渡しに来るのも、集中できなくて困るものです。二時間も演壇に立ちっぱなしで話したあと、引き続きサイン会や懇親会、ヘトヘトになることもあります。

報告書をつくるからと、テープ起こしをしたものを送ってきて何字に短くせよとか、まちがいを直せといってきます。下手な人が起こしたテープ原稿を直すほどたいへんなことはありません。あーだのえーだのいうのまで起こしてきて、さらに調べないで適当な漢字が当てはめてあります。話すのは二時間でも直すのに二日三日かかることがあります。ちゃんとした依頼者は、記録作成、録画撮影、記念撮影などについて事前に相談があり、報告書の校正について、別に報酬をくれるところがあります。

テレビやラジオの仕事

新聞記者、テレビの記者などとの付き合いもなかなか難しい。記者には、二時間も話を聞いて、その間、ノートも取らず、録音もせず、ふんふんと頷くだけで、心配になる人もいます。案の定、いいもしないことが書いてある。二、三行しか書かない、まったく記事にならないこともあります。これはこちらにとっては時間の無駄です。逆に、私は取材に来た人には、その人が詳しそうなテーマについて聞いて、知識の吸収に努めることもあります。こういう雑談もときとして大切なものです。

テレビの仕事はほとんど断っています。テレビは長時間拘束です。打ち合わせのあと、何度もリハーサルをして本番。慣れない化粧をされるのも好まないし、スタジオで光を当てるなというわけにもいかないし。なかには脚本家とかディレクターが事前取材で聞いたことを台本にして、そのとおりに話してほしいといわれたりします。若いころはテレビ局は社会勉強というか、遊びに行くにはおもしろいところでした。

テレビよりはラジオのほうが好きです。化粧やライトは関係ないし、閉鎖空間でもなくて、窓の外が見えることもあります。テレビよりも聴取者はよく内容を聞いてくれるものです。テレビにはこのところかなり、政府が記者を取り込んだり、圧力をかけているように見えますが、ラジオではかつての久米宏さんや荻上チキさんはじめ、自由に発言しているキャスターがいます。

市民として声を上げる

私は地域雑誌を作りながら、同時並行で地域の建物や環境の保全の活動もしてきました。これは活動する誰もがまったくのボランティアです。

最初は、上野の日本最古のコンサートホール奏楽堂とパイプオルガン

次に丸の内の赤レンガの東京駅、引き続き丸ビル、日本工業倶楽部会館など

上野の不忍池地下駐車場反対

日暮里富士見坂の眺望権を守る

吉田屋酒店やサトウハチロー邸など地域の民家や邸宅

趣意書を書き、呼びかけ人を頼み、会の規約をつくり、署名を集めるということを三〇年以上やってきました。もうやめようかしら、というと、建築家の藤森照信さんは「いやあ、やめないほうがいい、ずっとやってるのは森さんくらいだもん」とおっしゃるのです。

いえいえ、他にもずっとやっている仲間はいるのですが。私にできたことといえば、運動についてメディアに書くことで運動を広く伝え、仲間を増やせたことぐらいでしょうか。

日本ではスクラップ・アンド・ビルドで自国の文化をぞんざいに壊してしまいます。特に「保守」政党の方々は、経済界と歩調を合わせて開発については非常に「革新」的であって、古い建物を時代に合わない、使いにくい、汚れている、豪華でない、超高層でないと利益が上げにくいといって、簡単に破壊して再開発してしまいます。

たとえば、東京駅丸の内駅舎は大正三年に辰野金吾という建築家が設計した、横に長い巨大な赤レンガ建築です。これをJR東日本は壊して超高層にしようとしました。日本建築学会から保存要望書が出ますが、それだけでは残りません。広く市民が愛着を持ち、残そうとしなければ残るものではありません。私たち「赤レンガの東京駅を愛する市民の会」は一九八〇年代後半、一〇万筆以上の署名を集め、国会に届け、超高層計画をやめてもらいました。

JR東日本の中にも、この駅舎に愛着のある方々がいたので残ったともいえます。JR東日本はその後、この駅舎を大正三年の姿に復元して、会社のシンボルにするとともに、夜はライトアップし、新しい東京名所になっています。中に入っている東京ステーションホテルもたいへんな人気で、経営的にもうまくいっていると思います。この運動の事務局を長く担われた多児貞子さんと「それにしてもよく駅頭に立ったりして一〇万も集めたよね、インターネット署名もない頃に」と話します。「直接会って説得して、自筆で書いてもらうということ自体が貴重だったのよ」という結論になりました。

当時のJR東日本、松田会長は、「赤レンガの東京駅を修復した暁には、これが市民の活動があって保存されたことを明記するプレートをつけましょう」と私との対談でおっしゃったのに、これは実行されていません。それどころかJR東日本が自社の駅舎の保存を決め、自社の努力と費用で復元したようになっています。自社の費用といってもそれは、駅舎の余剰容積、すなわち空中権を他の敷地に移転して売って生じた利益を使ったものです。

保存活用には追い風も吹いています。一九九六年には文化庁が文化財登録制度をつくり、いままでのように上から指定するのでなく、住民や持ち主が、愛着のある身近な文化財をボトムアップで登録していく制度が発足しました。また、住宅でいえば、すでに一〇〇〇万戸ともいわれる住宅が空き家になっており、新築よりこれらをリノベして使うのが資源の無駄遣いにもならず、廃棄物も出ず、地域の記憶を残せる、何よりかっこいい、ということで、建築家たちもリノベーションに熱心に取り組むようになったのは歓迎です。二〇二一年のプリツカー賞（建築界のノーベル賞といわれる）の受賞者はフランスのラカトン&ヴァッサルでした。文化財も保存から活用の時代になってきたとはよくいわれることです。

同時に、ＳＤＧｓ（サステイナブル・ディベロップメント・ゴールズ）という言葉を聞くようになりました。持続的な開発目標を指します。しかし私見によれば持続的発展などは望めず、これ以上化石燃料はじめ、資源を使ったら、地球はもたないと考えています。一九七〇年代から提唱されていたことですが、縮小やダウンサイジングは気候変動の面からも必須です。これについては『楽しい縮小社会』（二〇一七年）という本を工学研究者の松久寛さんと書きましたのでそちらを参照願います。

それでもあいかわらず、行政、ゼネコン、不動産業者は再開発と称して、空き地とあればどこにでもビルを建て、用途地域を変更し、容積率なども変えて、私の家の近くには最近四〇階のマンションが建ちました。分譲価格が一億以上するような商業施設も含むマンションで、金持ちしか住めません。それでも区は不燃化や活性化を根拠にこれに税金をつぎ込んでいます。ガーデンとかパークとかいう名前を使っていますが、緑らしい緑はありません。

大手建設会社や不動産会社が多くの社員に給料を払い続けようとすれば、絶えず土地を買い占め、そこにビルを建てて売るか貸すしかないのです。道路や堤防もつくりつづけて地方経済を回しています。このどこまでも続く「シジフォスの神話」のような永久運動をどこかで止めなければ、環境も景観も破壊され、ついには地球が破壊されるでしょう。

第九章 女性が大切にされない地域は消えていく

ここで地域での、女性について考えてみたいと思います。

先日、東北の小さな町に呼ばれました。「地域おこし協力隊」の若手の女性たちが、その会を設営してくださいました。地域おこし協力隊は、総務省の事業で、都市に偏った若者たちをもう一度、地方や過疎地で雇用し、そこで新しいまちづくりをすることを応援する制度です。年間二五〇万円ほどの給料は、総務省から出るので、地域自治体の財政の負担にはなりません。自治体によっては、年齢制限が緩いところもあるし、住む家などの家賃補助のあるところもあります。

田舎じゃこれが普通?

そんな女性たちが企画してくれた会でした。彼女たちは、事前の準備もたいへんだったと思いますが、当日は会場を設営し、お弁当を用意して配り、暖房や映像、マイクを用意し、受付もし、司会もしました。夜、打ち上げの会が近くの鉱泉旅館で開かれ、大広間に男性がたくさん集まりました。それなのに集まったおじさま方はあぐらをかいて座っているだけで、朝から働きづめの女性たちに「○○ちゃん、酒が足りない」「ビール持ってきて」「○○さんに焼酎ついで」というのです。男女性別役割分担に何の疑問も持ってない、朝から働きづめの人への想像力もない。私は呆れました。

講師としては出過ぎかとも思ったのですが、「自分でつげば？」といいました。そのうち、一人の町議が姿を消しました。まさか、気をきかせてお酒を取りに行ったはずもないし、トイレにしては長いな、と思っていたら、ゆでダコみたいになって帰ってきて、「○○ちゃんに混浴しよう、といったけど断られちゃった」とニヤニヤしています。私はすぐに「それ、セクハラでしょう」と反論しました。でも町議はニタニタしてごまかしてしまい、隣のまじめそうな人が下を向いて「田舎じゃこれが普通なんですよ」といいました。

ずっと以前、私の制作したテレビ番組がある賞を取ったことがあります。そのときに、当日来られた行政側のクライアントが「森さんといえば、驚いたことがあります。会議の打ち上げの席に赤ちゃんを連れてこられて、その場でおっぱいを飲ませておられて」というと満座の男性がドッと笑いました。

そんなことで不快になるほど私はやわではありませんが、ＴＰＯを心得ない発言だと思いました。

発言者より、笑った男性たちに疑問をもちました。この人たちはたまたま赤ん坊を預けるあてのない女性の仕事や大変な状況なんか一切、考えていないのだと。あるいは、赤ん坊を抱えて社会に乗り込む女をすげえな、とは思っていますが、自分がそれをする気は、必要はまったくないのだと。これは森喜朗元東京オリンピック・パラリンピック組織委員会会長が「女性は話が長くて会議が長引く」「組織委員会の女性はわきまえておられて」といったときの満座の男性の笑いと同じ程度のものです。まあ、笑ってごまかしているのでしょうか。

また別のある地方都市に呼ばれたときですが、司会の男性は、私のことを「森さんには、二〇年前にも一回来ていただきました。そのときもかわいかったけど、いまもかわいい」と紹介しました。悪気はなく褒めたつもりでしょうが、いくらなんでも、五〇を過ぎた私を「かわいい」はないでしょう。かわいいのほかに私に何か評価すべきところがないのでしょうか。しまった、その六〇過ぎのおじさんに「あなたも二〇年前もかわいかったけど、いまもかわいいですね」くらいはいえばよかった。

これが民主主義を標榜する日本の実情です。女性の地位、議員の数、会社の管理職のパーセンテージ、その他、日本が本当に他国と比べて最下位に近いという指標はたくさんあります。たしかに近代革命の代わりに明治維新が「追いつけ追い越せ」の上からの近代化を進め、そして敗戦後はＧＨＱによって、女性参政権、農地解放、華族制度の廃止などが達成されました。何事も内発的に変化はもたらされなかったのです。そのことについて市民が真剣に考え、市民が勝ち取ったものではないということです。

企業より地域は遅れている

大企業では「男女雇用機会均等法」以来、法令遵守が企業存続のためにも、尊重されつつありますが、それを守らないと外聞が悪い、消費者に嫌われる、監督官庁に叱られる、と内発的ではありません。ましてや地域社会にはその徹底を求める法律もないとのこと。女性の地位は低く、尊重されているとは思えません。これではいくら、総務省が若い力を農村漁村に投入しても定着しないでしょう。誰が女性に男女役割分担を押し付ける、女性の人権を尊重しない地域で暮らしたいと思うでしょう。

三五年前、谷根千でもそういうことはあった。いや、いまでもあります。私の同僚は「町会の会合に参加したい」といったら役員たちが来て、参加されては困る、と説得されたそうです。男の幹部だけで好きなようにやりたいのです。私も数年前、町で会った町会の人に「何かお手伝いできることがあれば」といったら、「じゃ、今度のお祭りで神酒所《みきしょ》に割烹着持って来てください」といわれて萎えたことがあります。

あいかわらず、地域のボスがお祭りになれば、神酒所にどっかと座り、女性たちは割烹着をつけて、おじさんたちのお茶や酒の接待をする。それは区立中学の夏休みのプール開放でも同じでした。女性たちはプールとはまるで関係なく、打ち上げの接待のためにご馳走をつくります。運動会でも親たちは児童の後ろから見ますが、いちばんいい正面に陣取っているのは町会長とか、議員など地域のボスです。こういうことは変えていかなければいけません。

地域の偉いさんが、名刺の裏に十もの名誉職を刷り込んだのをもらうことがあります。町会は、先の戦争に協力し、戦後、ＧＨＱに解散させられたような組織です。それが、何の反省もなく復活して、小権力を行使することが楽しみで、新しいことに地域で挑戦しようとする若者や特に女性の足を引っ張ります。目立てば「わきまえない」と何をいわれるかわかったものではありません。

一人で社会は変えられない

かつては労働組合運動や農民運動、学生運動が、人々の意識を覚醒させ、コンセンサスをつくり、組織を運営する力を育て、権威主義的なものの見方に拝跪《はいき》するのでない、自主自尊の民主主義的な考えを鍛えるのに寄与しました。いまはなかなかそういう場がありません。

いまの若い世代は、平和を愛し、差別を許さない、女性を尊重するという点ではいいところがあると思いますが、やや個人主義で、組織活動への嫌悪感が目立ちます。私も一人でぼうっとするのが好きで、組織的活動は不得意ですが、地域は、社会は一人では変えられない。イデオロギーや党派的な考えに振り回されず、売名や金儲けのために動く人を制し、住民として、この町を少しでも暮らしやすくするためにはどうしたらいいか、それを考えてきました。

『谷根千』の最初のころ、生活とか暮らしとかいうだけで、赤とかピンクとかいわれました。「谷根千生活を記録する会」なんて左翼的な名前に聞こえるからやめたほうがいいといわれたものです。地域のセツルメント系の病院に雑誌を置いてもらっただけで、「あの人たちは共産党寄りだ」とかいわれたものでした。「『谷根千』の連中には思想がある」なとどいう人もいました。しかし先の寿司屋で町会長（当時）の野池幸三さんは「思想のないものにうちの町で雑誌なんかつくられてたまるか」と反論してくれました。胸のすくような啖呵じゃありませんか。

古くからの方に「『谷根千』は若いもの、よそものが作っているので、まちがいが多い」と難癖をつけられたりもしました。そのときは別の町会長が「あやふやなことをいうもんじゃない。具体的に何号の何ページのどこがどうまちがっているのか、はっきりといえ。足を引っ張るより応援して地域の歴史を活字で残してもらったほうがいいじゃないか」とたしなめてくれました。まちがうことはありますが、必ず次号で訂正もしてきました。

この地域には商店街や町会のトップの方にも、知的で理性的な方が多く、こういうまっとうな意見が援護射撃となり、私たちの雑誌はつぶされずにまる二五年、続いたのだと思います。

女性たちのシスターフッド

古い町では同調圧力が強く、本音も言えずに生きている人は多いでしょう。一九八〇年代半ば、台東区の谷中、文京区の根津、千駄木、焼けずに残ったところの多い古い町で、若い女性が何かを起こすのは、たいへん勇気のいることでした。商店のお嫁さんやお寺の奥さんは「あなたたちはいいわね。自由に思っていることがいえて」といいましたし、「自分はいっぱい足を引っ張られたから、あなたたちだけは頑張ってほしい」「私のやりたいことを代わりにやって」と応援してくれる女性もいました。こういうシスターフッド（女性同士の応援協力）にはとても励まされました。

「スナック美奈子」のママは毎号八〇部を買って、自分でも隅から隅まで読むのです。そして、転勤になって来なくなったお客に郵送してくれていました。「送っておけばまた東京に転勤になったら来てくれるからね」と。根津の「うさぎ」のママも「女が女を応援しないでどうするの」といってたくさん買ってくれました。谷中の食堂「さくらや」のおばさんは落語家のおかみさんで、私が臨月まで自転車で配達しているのを見て、「やめなさい。自転車から降りなさい」と追いかけてきて叱りました。そういうきっぷのいい女たちの応援は心の支えになりました。

実際、三番目の子の出産予定日はまさに谷中の菊まつりと重なっていました。それで「今年は表に出なくていいから」というので、五ヶ月先に生まれたスタッフの子どもを保育園に迎えに行き、背負って家まで連れて行ったら、その重みで産気づいたのか、そのまま病院に行きました。そこでも出産間際、出産後すぐに本を読んだり、雑誌の校正をしたので、今度は看護師さんから大目玉を喰らいました。

産前産後の休暇はとったこともありません。無理のきく体に産んでくれた両親には感謝の言葉もありませんが、その無理がたまっていたのか、五〇代で自己免疫疾患原田病、六〇代になって子宮頸がんと思いがけない大病をしました。幸い、良い医師や支えてくれる人々のおかげで治り現在は健康です。どこかで無理をしていれば、体にたまって、どこかで爆発する。小さな風邪やいろんな病気を発症しても、その経過を見ていればいいが、風邪もひかない、熱も出さない人に限って、大病がドーンとくるものらしい。出産育児がこれからの方には、ちゃんと産前産後の休暇を取ることをお勧めします。

一方、シングルマザーの私のようなワンオペ育児でなく、夫婦で育児にも共同で取り組んでいるのに、一人産んで育ててるだけでたいへんだ、という若い親を見ると、それほどおおごとかなあ、と思ってしまいます。昔は一〇人や一五人、子どもを産むことも稀ではありませんでした。話を聞きに行くと「本当に一人の妻から産まれたのですか」と聞き返すこともあるくらい。八人とか一〇人とか一三人とか兄弟がいる。そうすると、そんなに親は手をかけない。上の子どもが下の子どもの面倒を見てなんとなく育っていきます。

子どもをもつかもたないか

発展途上国では、子どもの数が労働力であり、親にとっては自分たちの老後の保険でしたからたくさん産んだものです。多産多死の時代でしたし、避妊の手段もなかったし。日本でも少しまえまでは学資や生活費を送ってもらうより、地方の親に都会から仕送りをするほうが一般的でした。

少産少死になると生まれた子どもは大事になり過保護になりがちです。隣の中国では一人っ子政策で甘やかされて育ち、わがままな「小皇帝」が問題になっています。過保護だけでなく、受験勉強に勝ち抜く戦いもさせられます。日本でも、子どものためによかれと思って本人の意思でなく受験勉強を無理強いする親が増え「教育虐待」が問題になっています。もちろん、その逆の無視、育児放棄、虐待で命を落とす子どももいます。

いま、銀行の試算で、一人の子どもを大学まで出すには三五〇〇万円かかるそうです。それだけ貯めなさい、ローンを組みなさい、ということなのでしょうが、そう脅かされると子どもを産み育てることはいやにたいへんに思えます。また途中の受験競争、育児のために削られる人生の時間などを考えると、ますますいやになってきます。それで一向に出生率は上がりません。私の独身の友だちは「三五〇〇万で三人かあ。そうすると私はあなたより一億円余計に遊んでもいいわけだね」といって海外旅行をしまくっています。

子どもが嫌いだ、育てる自信がない、という人にもたくさん会う一方、「産んでおけばよかった、たとえ結婚しないとしても」という人もいます。またどうしても子どもに恵まれない、という人もいます。その中でタレントが出産報告をするだけで、「産めない立場の人への配慮が足りない」などと過剰な反応が出る時代になりました。

産むか産まないかは個人の自由であり権利です。一方、産んで育てる楽しさを表現することもまた自由でしょう。それすら差別だというのであれば、誰も産んだり育てたりしなくなると思います。お互いの事情と条件を尊重しつつ、子のいる人もいない人も、仲良く子どもを見守っていける社会だといいと思います。よその子を養子にして育てる、里親になる、あるいは甥や姪に心と時間を割く、というのはいい生き方だと思います。そういう人はその子たちが成長したときにも忘れられないでしょう。

私は三人子どもがいるのにまだ孫がいません。なので、年若い友人たちの子たちを勝手に孫と心に決めて可愛がっています。子どものない友だちが老後困ったら、私の子たちが世話をすればいい。できるだけ紹介して一緒に地域で飲んだり遊んだりしています。いまさら男の人と一対一のつがいとなる気もないので、気の合う友人たちと程よい距離に住んだり、広めのシェアハウスに住むなど、拡大家族をやるのもいいなと思います。

家を買うか、借りるか

シューマンの美しい歌曲集に「女の愛と生涯」があります。高校生のころ好きでよく歌いました。婚約指輪をはめた喜びから始めて、最後は死を迎えるまでの女性の物語です。これは昔の話で、いまの女の生涯はもっと複雑でスピードも速いのに、全体としては長いのです。

三〇代は地域雑誌を続け、子どもを育て、市民運動をいくつも経験しました。三六歳で離婚したころ、まだ若くて、男性から二人だけのお誘いもありましたが、私はたいてい「子どもが待っていますから」とお断りしました。私の結婚指輪は、離婚後、悲しくて瘦せたためかゆるくなり、仕方なく中指にはめ替えました。今度は立ち直って太り、抜けなくなりました。「それって男よけの呪いか」と笑われたくらいですが、これはさすがに五〇代半ばで、消防署に行って切ってもらいました。

四〇代は単行本をせっせと書き、半ばになってからはようやく海外旅行に行く暇とゆとりができました。町を見る目を東京で磨いたので、どこへ行っても楽しかった。名所旧跡はほとんど行きません。普通の人々の暮らし、何を食べて、どんなものを着て、どんな家に暮らし、何を信じているのか、余暇はどんなことをして過ごすのか、そんなことを観察するのがおもしろかったのです。

ずっと借家にいましたが、本が膨大に増え、男の子が二人いるとなかなか家を貸してくれないので、四三歳のときにローンを組んで、分譲マンションを買いました。これはいまもよかったかどうかわかりません。

バブルがはじけてマンションの値が下がり、ローンの利率も低くなってはいたのですが、その低い金利でも返し終わるときには倍くらいになってしまいます。またローンに縛られて、引っ越しの自由がなくなります。子どもたちが巣立ったいまとなっては、一人の私にはスペースが広すぎるし、別の町にも住んでみたい。だけど引っ越しが億劫な歳になりました。だからいま、家賃は払わずにすみますが、持ち家であれば、固定資産税とマンションの管理費がかかります。修繕も自分でしなくてはなりません。

賃貸だと、最初に敷金礼金がかかり、毎月の家賃のほか二年毎の更新にも二ヶ月分くらいの更新料が東京では普通です。一方、こちらに過失がない限り、手入れは大家さんがしてくれ、固定資産税もかかりません。家族の数は変わるので、それに応じた縮小拡大もしやすいし、賃貸のほうがいいのではないかと思います。気分を変えるのが好きな人、引っ越しが苦にならない人は賃貸がいいでしょう。

仕事の相棒の山崎範子は引っ越しが好きで、いろんな場所のいろんな家に住み、その身軽さが羨ましい。でも彼女の家は私の家みたいなものですから、よく遊びに行ってビールを飲んで、ベランダから月を眺め、その空間を味わっています。仕事に疲れたら「ちょっとお昼食べに行っていい？」といえる若い友だちもいて、のんびりおしゃべりをしたりします。「人の家は自分の家」が下町の伝統で、地域に友だちがいるのはいいことです。

私の家にもよく若い人が飲みにきます。純米酒で一升二五〇〇円くらい、お店で飲むより、ずっと安いし、お店に気も使わなくていいのでもっぱらそれになっています。そんな「おうちご飯の会」「金曜日はみんなで」と誘い合って一緒に食べるのは楽しいし、いざというとき、助け合えます。というか、私はいつもおもしろい飲み仲間を探している。

古い民家をリノベして住むのにも憧れますが、都心で一戸建てを買えるほどゆとりはないし、仕事をもっている身には、改修の手間や、家の掃除、旅に出るときの戸締まりなどを考えると無理そうです。私は鉢植えを買ってもすぐ水やりを忘れて枯らしてしまう。いま、大好きな山椒の鉢を九〇〇円で買って、ずっと大事に水をやって、毎日葉っぱを取って使っていますが、いつまでもつことやら。これはスーパーで山椒を買うよりずっと安い。

いままで、幸いなことに火事にあったり、泥棒に入られたことはありません。入っても宝石ももってないし、盗るものは本以外、ありません。運がいいと思うのは、運動神経もよくないし、目の病気もし、ときには信号無視もする私ですが、この東京の真ん中にいて、交通事故にもあったことがありません。

ごく普通の開業医であった父は「火事、泥棒、ヤクザ、交通事故に縁がない人生は幸せだ」といい、「子どもに火傷させるなよ」が口癖でした。

「子ども時代」を保証する

子どもたちが保育園・小学校時代は貧乏だったので、誰かのお下がりをもらって着せていました。そういう保育園や学童のネットワークがあって助かりました。長女のために買ったラタンのベビーベッドは地域の一三人の赤ん坊が使い、ついに壊れました。

中学以降、私は下着や靴下すら買ってあげなかったので、各自、自分で工面していたのだと思います。食事をつくる暇もなく、まえの中華屋さんにいない日の夕飯は頼んだり、いる日は外食で焼き肉を食べたりしました。地域の中に「ご飯を食べさせてもらえる」親戚や友人の家が何軒かあって助かりました。『谷根千』の子どもたち、『谷根千』キッズと呼ばれていましたが、小さなときから雑誌の配達や袋詰めなどの作業を手伝い、ご飯も一緒に食べて育ちました。一〇人の兄弟姉妹のようで、いまもメーリングリストがあって、仲がいいようです。

三人の子どもはみんな区立の保育園から、小学校、中学校へと進みました。中学受験は私にとっていまも残るトラウマだったこともあり、それをするお金も手間もないのでした。しかし私は、受験勉強をさせるより、遠くの学校へ通うより、「子ども時代」を保証する、十分とことん遊ぶことが大事だと思っていました。地域の学校は数年前まで荒れており、それを立て直すために力のある教員がきたようで、上の二人は仲良しの先生を見つけて学校が好きでした。

次男がいちばんたいへんでした。小学校時代の友だちがごっそりと私立に抜け、中学で支えになる先生に出会えず、不登校になりました。私も自分が不登校だったので、お家芸とも思い、不登校といまの学校について色々考えました。学校はますます管理化を強め、行って楽しいところとは思えなかった。無理して行かなくていいよ、結局、彼は沖縄で年上のお兄さんたちと馬の牧場をつくり、馬と泳ぎ、犬を飼い、自然の中で暮らしました。高校は東京に戻って通信制に行き、ずっとアルバイトをしていました。突然、自分で交換留学のシステムを見つけてきて、アメリカの小さな町に一年行きました。帰って、英語と論文だけで大学に入りました。

小石川真実『親という名の暴力』（二〇一二年）を読んで、親の教育虐待の凄まじさに驚きました。長女に「私はあなたに対して抑圧的だったかしら？」と聞いたところ、「お母さんは自分にしか興味がない。私をどうこうしたいとかないから、期待されなくて楽ちんだった」とのことでした。

長男は宮大工で、仕事で海外にいることも多かったのですが、自分の誕生日にはどこからでも「産んでくれてありがとう」という電話をくれます。次男は三〇過ぎで起業して零細企業経営者ですが「お母さんたちがお金にもならないことを町で一生懸命やって、いろんな人を助けてたことを思い出す。僕も社員が本当にしたいことのできる会社にしたい」と言っています。

第一〇章　あとは町で遊ぶのみ

四〇代になると書評委員に加えていろいろな役職、委員などを頼まれることが多くなりました。地域の関係では、東京国立博物館、国立西洋美術館、江戸東京博物館、上野動物園などの評議員や運営委員、国土交通省や文化庁の委員会の委員、住宅総合研究財団など財団の評議員、企業メセナ協議会、トヨタ財団、ハウジングアンドコミュニティ財団などの審査員、知らない間に義理もあって増えてしまいます。

こういうのは社会的な義務というか役割分担みたいなもので、私は「その組織のいちばん弱い立場の人を代弁する」「きちんといいたいことをいって、それが通らなかったらいつでもやめる」ということを二大原則にしてきました。あるテレビ局の番組審議会の委員を務めましたが、あまりに経営方法がよくないので、委員の半数以上が記者会見を開いて問題を明らかにし、辞任したこともあります。

一方、文化庁の文化審議会で、私は八年間、文化財保存担当の委員でした。国の重要文化財、登録文化財、史跡、名勝、天然記念物を指定、選定、登録する具体的に成果の見える仕事で、とても勉強になりました。登録文化財や文化的景観という新しい身近な文化財制度の立ち上げの時期でもあり、世界遺産についても論議しながら勉強していきました。

こうした政府や自治体の委員はときとして、官僚とコンサルタントの敷いたレールの上で、追認していくだけになりがちです。素朴なことでも、国民の代表だと思ってできるだけ質問し、意見をいったつもりです。

大学教員になってみる

二〇〇四年、私は五〇代に突入。それまで大学の非常勤講師をたまにするくらいでしたが、熱心な勧誘があり、ある大学の正教員として勤めることになりました。潔く書く仕事をやめればよかったのですが、大学には週に二、三回行けばいいというので、両立しようとしたためたいへんでした。大学の行事や授業のために海外や国内の取材に行けない、ということが重なり、フラストレーションになりました。

通勤が遠かったこと、教授会が長く雑用が多かったこと、入学試験の立ち会いや問題をつくるのにも手間を取られたことなどで、私は三年でやめました。当時、パソコンを使いこなせなかったことも一因です。大学ではシラバスも、学生に配るレジュメも、成績評価もパソコンを用い、ワード、エクセルが駆使できないとついていけませんでした。

行ってみると大学は新入生オリエンテーションはありますが、新入教員には何もガイドはありません。事務の親切な人を見つけ、先輩教員になんでも聞くしかありません。

一方、大学に来るよりしたいことがあるのに、親からは大学くらいは出ておけ、といわれて来ている学生のなんと多いこと。「他にやりたいことがあるならやめてもいいと思うよ」と勧めたこともあります。が、それは大学の望まないことでした。大学は学生の払う授業料で成り立っているのですから。

私が教えていたのは、作文、編集、まちづくりの実践など。しかしまちづくりをするのであれば、近くにすばらしい歴史的な町並みがあり、そこで活動できるのに、電車を使うと一時間かかります。車なら一五分ほどなのに、大学の車を使ったりできません。報道のスタジオ施設はありましたが、機材を借り出すには四日前までに申請することというのが大学の決まりです。すぐに飛んで行かなければならない事件報道は無理です。いろんなことへ疑問を感じやめることにしましたが、個人的にはいい出会いがあり、ゼミの学生たちとも付き合いは続いています。

大根取りに通った五年間　丸森で農業

その前後五年間ほど、父方の祖父母の郷里である宮城県丸森町の小さな畑を町から借りて耕していました。一五〇平米ほどの小さな畑でしたが、四〇種類以上の野菜を植えました。「谷根千は東京の中では人の繋がりや助け合いもある、手仕事や体を動かして働く人も多い。でもここには命を継続させるためにいちばん大切な食料の生産がない」ということが、不自然に思えたからです。

また、一九九五年の神戸の震災を見て、東京にも直下型地震がいずれは起きるだろう。そのとき、どこに逃げようか、どこで食べ物が手に入るか、ということを考えた。食料生産のない都会の暮らしは脆弱に見えました。そこで、自分と家族、仕事仲間くらいは滞在できる、そこで食べていける拠点をもつことにしました。

そのころ、家の本はどんどん増殖し、本を置くスペースがなくなり、私は自宅、『谷根千』の事務所、大学の研究室の他にも、千駄木に仕事場を借りていました。家賃を払えたのは、大学の給料があったからです。でも、月に何日も過ごさない仕事場のために、こんなにお金を払うのはもったいなく思えました。そのとき、紹介された丸森の畑には作業小屋という名称の建物がついていましたが、そこは同じ広さで、一五〇平米の畑込みで一月三万円だったことも。

私はダンボールに本を詰め、八〇箱の本を丸森の小屋に送りました。家にあっては目立たない本も、そこの広い居間で広げると、なんだか本のほうから「読んで」と話しかけてくるのです。月に一度一週間くらい、丸森に通っては晴耕雨読、畑を耕し、裏の林を歩き、静かに本を読みました。育てなくても林の中にはタラノメ、ツクシ、フキノトウ、フキ、ウルイ、ギボシなど食べられる山菜がありました。縄文人になった感じで、採取しました。畑にあるノビルや雑草も食べました。

何にも邪魔されない静かな暮らしで自分を取り戻しました。パソコンでなく、紙のゲラを持って行きました。五年間に何冊ぶん、丸森の静かな夜に校正したでしょう。また一見、この何もないように見える里山に、個性的な人々と長い深い歴史があることにも気づきました。農業という「いのちに一番近い仕事」への知識を増やし、課題にも気づきました。

いま、職業別就業者数で農林漁業従事者は三・一パーセントといわれています。実際、農閑期には温泉で体を休めるどころか、その土地で「土方」と呼ぶ道路作業などに出ないと暮らしが成り立ちません。それで日本の食料自給率はカロリーベースで三八パーセント（二〇一九年）。たった三八パーセントと危機感をいう人の方が多いですが、反対に言えば農家はよくやってくれています。しかし依然、農薬、化学肥料、ハウス栽培に頼った農業になっているのは心配です。

もし、ホルムズ海峡が封鎖され、ハウス栽培に使う石油が日本に入ってこなくなったら、外国産の食料が輸入されなくなったら、日本人は食料が足りなくなるだろう。中国の食品の安全が云々などといっている暇はない。どの国も自国の食料が足りなくなれば輸出はしません。国は、軍事的な安全保障ばかり問題にして武器や飛行機、軍艦を買うが、まず国民のためにしなければならないのは食の安全保障ではないだろうか。これは、『自主独立農民という仕事』でその一生を聞き書きした出雲百姓こと、佐藤忠吉さんに教わったことでもあるし、東北の農村、漁村を歩き回った仙台の結城登美雄さんから教わったことでもありました。

二〇〇七年三月、私は大学の卒論の指導をし、点数をつけ、お世話になった方たちに挨拶して、自分でトラックを頼み、その荷台に乗って、研究室の本や荷物を狭い家に運び込みました。そして翌週、一〇〇万人に五人という自己免疫疾患、原田病を発症しました。東京女子医大に入院し、ステロイド投与などで治し失明は免れましたが、いまも目はよく見えません。

敬愛する随筆家の高田宏さんに「五〇代になったら若いころと同じペースで仕事すると保たないよ。仕事は半分ぐらいにして長生きするようにね」といわれたのが、心に残っています。高田さんは同じく編集者であり、満を持して書かれた『言葉の海へ』（一九七八年）で大佛次郎賞を受けました。山を愛するナチュラリストで、ビールを飲みながら一緒に小諸・藤村文学賞の選考をするのが毎年の楽しみでしたが、二〇一五年に八三歳で亡くなられました。

二〇〇九　『谷根千』終刊、消費税と個人情報保護法

雑誌は生き物で、社会が必要とする場合はよく売れますが、寿命というものがあります。一〇〇年も続く雑誌は、編集長を変えることで雑誌も変身を続けていくか、読者のほうが毎年卒業して新しい読者が生まれ、同じことの繰り返しでもかまわない場合とあります。『谷根千』という地域雑誌をいつまでも続けることがいいとは思いませんでした。それでもまる二五年、季刊とはいえ、手作り手配りしてきたのです。

バブルの恩恵をまったく受けていないように思っていましたが、あのころは景気がよくて、おせんべい屋さんや和菓子屋さんの店先にある地域雑誌もついでに売れたものです。居酒屋や料亭でも帰りに買ってくれる人がいました。バブルの崩壊で地価が下がり、住みやすくなったのですが、雑誌の部数も少しずつ減っていきました。

それでも終刊時で六〇〇〇部は刷っていたと思います。ページの増加につれ、値段も改

定されました。最初の八ページ一〇〇円というのはデビューのためのお祭り値段ですが、三二ページ二五〇円、四八ページ三〇〇円~四〇〇円、六四~九六ページで五〇〇円というのが最後のころの定価でした。

五〇代に入り、私たちは自転車で坂を上がり下りして雑誌を配達するのは辛くなってきていました。さらに消費税と個人情報保護法がダブルパンチでした。消費税を内税にするところ、外税にするところがあり、一物二価になってしまうので、お店も読者も私たちも混乱しました。委託したのに閉店や夜逃げで集金できないお店もありました。

個人情報保護法はインターネットに大量に個人情報が流出するのを食い止めるための法律だったはずですが、自分のことを聞かれたくないときなど、取材を断る口実に使われてしまいました。「個人情報保護法がありますから」と何度いわれたことでしょう。町会名簿も学校でのクラス名簿も配られなくなりました。

さらにバブルの間に古い建物はどんどん壊されていきました。マンションばかりが増えていき、古い読者は次々空の彼方に引っ越していきました。最初のころ、明治二〇年代生まれの住民が日清戦争の凱旋行列のことを覚えていて驚きましたが、だんだん明治末の団子坂菊人形を知る人も、大正の震災を知る人もいなくなりました。兵士として太平洋戦争に取られた人の最後は、志願兵を除けば大正一四年生まれ、いま九〇代半ばなはずです。わが母は昭和四年生まれで、二・二六事件や東京大空襲を経験した話をしてくれますが、空襲を知る人もいずれいなくなるでしょう。

親たちからはあれだけ「戦争だけはしてはいけない」と体験談を聞かされたのに、私たちは子どもにそれを伝えただろうか。また明治や大正生まれの人たちはどこか自由でとんがったところがありましたが、そういうおもしろい人に出会うことも少なくなりました。しかし、いまでは聞けない話をあれだけどっさり聞かせてもらったことは、私にとっても町にとっても財産です。もう二度と聞けない話ですから。

四半世紀、いろんなことがありました。最初四人だった『谷根千』の子どもは一〇人まで増え、みんな学校を出て就職したり、それぞれの夢を追いかけ始めていました。辛かったのは、私の夫が出ていき、あと二人の仲間の夫たちが五〇代で亡くなってしまったことです。三人の夫のなかで最後まで、どの家族の子どもたちにとってもお父さんのようであった人が亡くなったとき、私たちの気持ちはポキンと折れました。

読者に迷惑をかけてはいけないので、毎年正月に、今年も『谷根千』を続けるかどうかを話し合い、定期購読者の前受金は最長二年八回分しかいただいていませんでした。いつの間にか消えるとか、定期購読代を払ってもらっていたのに廃刊というのは嫌だった。二〇〇九年に終刊にすると決めたのは二〇〇七年の正月。カンパをくださいと言ったことはなく、赤字でも無借金経営だったことが自慢です。

九三号をもって終わりにするはずでしたが、活字にしておきたいことが大幅に残り、九四号目も追加でつくることになった。この二冊は最終号だからなのか、いつもより多めに刷ったけれどきれいに売れて私の手元にも一冊ずつしか残っていません。

町の方たちがご苦労様と、根津のギャラリーTENで「谷根千工房がやってきた！」という終刊記念イベントをしてくれました。映像の上映あり、トークあり、パーティあり、もちろん在庫一掃セールありの楽しい催しでした。一九八四年以来私たちを見守り続けてくれた谷中の寿司屋の野池幸三さん、旅館澤の屋の澤功さんはじめ、たくさんの町の仲間たちと一〇〇人の子どもたちも参加したお祭りでした。

終刊すると研究対象になる

スモールプレス同士仲良くしていた『彷書月刊《ほうしょげっかん》』の田村治芳《はるよし》さんが「雑誌とは終刊と同時に研究対象となる」といった通り、バックナンバーのセットをたくさんの研究機関が買ってくれました。ハーバード大学、エール大学、東京大学、ミシガン大学……。オクスフォード大学にもある財団の寄付により揃っているはずです。東京では地元の図書館のほか国会図書館と都立中央図書館に『谷根千』のバックナンバーはすべてあります。創刊号から毎回、寄贈していましたから。読みたい方はそこに行って読んでくだされば幸いです。

この間、町の様相はかなり変わってしまいました。

たくさんの老人が旅立ち、新しい人々がやってきて新しい仕事を始めています。世代交代は必然です。谷根千に住みたい人は増え、たくさんの人も訪れるようになりました。谷中銀座は一時、雑踏になっていました。オーバーツーリズムといっていいでしょう。谷《や》根千《ねせん》という地域の名称はこの地域雑誌『谷中・根津・千駄木』が出たからついた名前です。私たちの小さな有限会社は一九八〇年代から「谷根千工房」です。その後、谷根千整骨院、谷根千クリニック、谷根千歯科、谷根千薬局などもできましたが、どこも開業の挨拶に来てはくれませんでした。

町の人たちは「谷根千を商標登録しておけば森さんたちも左団扇だったのにねえ」といいました。いや、してあったのです。それはあとから同名の雑誌が出て、そちらが先に商標登録をしてしまうと私たちがやめなければいけなくなるからで、出版の分野では登録してありました。しかしこれだけでも登録料がかかります。医療から飲食までのすべての分野で「谷根千」を商標登録するのは私たちには不可能でした。

いままでやってきたことに執着しないことにしよう、と思いました。新しい人たちが新しいことをやるのを見守っていく。応援する。あまりに町が悪い方向へ向いたら何かいわなくてはいけないことがあるだろう。「老兵は死なず、あとは町で遊ぶのみ!」というのが終刊の際の私の願いでした。雑誌発行と保存運動に追われ、イベントなど遊びの場を提供したことは多かったけれど、いつも主催者で気ばかり使ってきた。もう楽しむ側に回ったっていいんじゃない?

最近、芸工展に始まり、不忍ブックストリート、藍染大通り、千駄木養源寺など、たくさんの場所で、若い人たちが中心になって、愉快なイベントが開かれています。若い人も楽しみながら、子育て世代も高齢者も排除されない、居心地のいい空間ができてきました。うれしいことです。歳をとると町に居場所がなくなりやすいものですから。そのためには、若い人にも「おもしろい、このおばさん(あるいはおばあさん)」と思われる存在になっていたい。私たちが大嫌いだった、あの踏ん反り返った偉そうな老人にはならないように。

二〇〇九年の秋に『谷根千』を終え、それまでの事務所を引っ越して、大正期の蔵に資料を移し「谷根千〈記憶の蔵〉」と名前をつけました。ここは和室が二つと、二階建ての築一〇〇年の蔵があります。その二階にはいままでの谷根千の資料や在庫があり、一階は通常は映画の上映などをしています。同僚山崎念願の地域シネマです。他にも古典楽器の練習や、お能の稽古、火鉢カフェはじめイベントにも使われています。

終刊後の一年はバックナンバーのまとめ買いで、けっこう収入もあったのですが、それからはぱったりと雑誌の売り上げがなく、事務所の維持にもお金がかかります。谷根千工房は有限会社ですので、収入はなくとも七万円の法人税も払わなければなりません。

その中で、いままで集めてきたというか、自然に集まってきた資料を、誰でもが使えるようにデジタル化して、資料は公共の場に寄託したいというのが私たちの目標になりました。近くの大学の若い研究者たちが手伝ってくれています。「記憶の蔵」とは、アーカイブづくりのために名づけたものです。遅々として進みませんが。

最大の事件、3・11津波と原発　二〇一一

そんなことをしている矢先、二〇一一年三月一一日には、東北で大震災が起こり、福島第一原子力発電所の過酷事故が起こりました。私はそのとき、たまたま千駄木の「谷根千

〈記憶の蔵〉」で書籍の整理中でした。一緒にやっていた若い友だちと公園に逃げ、それでも蔵の本棚はびくともしなかったのですが、家に帰ると本棚が倒れていました。電気はついていたのですが、ガスが止まり、一週間電熱器でうどんを茹でて食べました。

さっそく、地域の仲間は向丘の光源寺をベースに炊き出しのボランティアを始めました。また宮城県丸森が父祖の地であり、そこで畑も五年間やってきた私は、要請に応え、下着や靴下を送ったり、四月一一日には、出版社の友人たちの協力を得て、一四ヶ所の避難所に漫画や本を配達に行きました。震災以降一年のことは『震災日録 記憶を記録する』(岩波新書、二〇一三年)に書いたので繰り返しません。日常の小さなことが忘れられていくに違いないと思い、記録を始めたものです。

それ以降は東北に行くことが増えました。自分の友だちのいる付き合いのあった土地、海際の石巻、農村の丸森を中心に、要請されれば北は釜石、宮古、気仙沼や遠野にも手伝いに出かけました。波にさらわれ、家も写真も家具も茶碗も流された場所で、「記憶を記録に変える」ことはとても大切でした。震災前の街の様子を地図に落として「釜石てっぱんマップ」をつくるお手伝いもしました。海岸線は大体見て回っています。これからも行き続けることになるでしょう。

国立競技場と神宮外苑を未来へ手渡したい　二〇一三〜

二〇一三年の秋からは二〇二〇年オリンピックを口実にした神宮周辺の再開発に抗して、「神宮外苑と国立競技場を未来へ手わたす会」を結成して、やや生活圏とは違うところで、保存と環境保護を訴えることになりました。簡単に触れるにとどめますが、二〇二〇年のオリンピック招致の目玉に、イラク出身のイギリス人建築家ザハ・ハディド氏がコンペで優勝し、彼女のデザインの新国立競技場がつくられることになりました。この競技場はコンペの与件により以前のスタジアムの四倍以上の広さ、高さもずっと高く、技術的にもかなり建設が難しく、とうてい決められた予算一三〇〇億円でつくれるようなものではありません。倍以上は優にかかるとされました。

一五メートルの高さ制限のかかる風致地区、神宮外苑にとって巨大過ぎ、高さも七〇メートル超、開閉式屋根や、冷房暖房、可動式の椅子などを備えた電気仕掛けの競技場で、巨大な温室のように見えます。維持コストもまえの競技場の一〇倍くらいかかるという。このことに最初に気づき、異を唱えたのは建築家・槇文彦さんで「新国立競技場案を神宮外苑の歴史的文脈の中で考える」という論文を書かれました。

私たちはこれに呼応して、いまある競技場を大切に直して使おう、それが、神宮外苑の自然環境を守る道だと訴えたのです。この「神宮外苑と国立競技場を未来へ手わたす会」の活動の中で、いろいろなことがはっきりしてきました。

一、いかにオリンピックが当初の理想を失い、アマチュアリズムもスポーツを通じた国際平和も投げ捨ててきたか。

二、オリンピックはロサンゼルス大会以来商業化し、IOCもテレビの巨大な放送権を手に入れようとしている。選手はプロで、その周りには多くのスポーツ関係企業が宣伝のために群がっている。

三、招致をめぐるIOC委員への賄賂・買収疑惑など、不正が多く行われ、巨大広告会社の仕掛けたものである。この責任を取ってJOCの竹田恒和会長は退任。

四、新幹線、モノレール、高速道路などが新設された一九六四年オリンピックと異なり、これを起爆剤に東京の都市インフラを整えたりする必要はすでにない。かえって、成熟した都市を破壊する可能性が高い。

五、最大の狙いは風致地区がかかっていままで高層化できなかった神宮周辺の再開発。

六、当初七〇〇〇億円でやると猪瀬直樹都知事(当時)がいい、「世界一安上がりでエコなオリンピック」として都民の同意もとりつけたオリンピック経費は三兆円を超えそう。

七、「復興オリンピック」を歌っているが、ダシに使われるにすぎず、実際には東北復興から人も予算も奪っている。オリンピックに使う税金は東北や北海道、熊本の地震の被災者、原発事故で故郷を失った被害者に回すべき金ではないのか。

八、敗戦国日本の名誉回復と復興に寄与したと言われる一九六四年オリンピックも、その成功に向けて無理な工事が行われ、労働災害で亡くなった人々もおり、開発で家の立ち退きにあい、戦争罹災者集落は撤去され、弱い者の排除が並行して進む。

といったことが明白になってきました。これはほんの一部にすぎず、他にもたくさんの問題があります。

開催地決定当時は、国会議員でも山本太郎氏を除いて全員がオリンピック開催に異議を唱えなかった。世論もオリンピック歓迎ムードがつくられていきました。ですが私は知れば知るほど、この何の公共性もないオリンピックを二〇二〇年にすることには反対になりました。芸能界でもビートたけしさん、久米宏さんなどは早くからオリンピックへの疑問を投げかけていました。

「神宮外苑の環境を守り、いまある競技場を使おう」。私たちは何度もの勉強会に専門家を招き、新しい知見を共有しました。そして、各省庁や施工主のＪＳＣ（日本スポーツ振興センター）へ何度も質問状を送り、反対署名を集め、著名人たちの応援も得ました。そして一〇万以上の署名を国会に届け、あまりにお金がかかりすぎ、もしかすると建築不可能かもしれないこの当初案のデザインをやめるよう求めました。

この運動は結果として、国家プロジェクトに異議を申し立てることになり、いままで、行政に建物の保存を要望してきたのとは違う政治性をもちました。結果として、安倍首相は二〇一五年七月の段階で、経費高騰を理由にザハ氏の当初案を撤回しました。やめてよかったと思います。進めていたらどこまで建設費や維持費が膨らむかわからず、しかもオリンピック後はそれほど使われない、いわゆる「ホワイトエレファント」（役に立たない巨象）になったでしょう。この異常に高くつく、不可能とも思える案を選んだ審査員たちには責任があると思います。アテネでも北京でも、リオですら、オリンピック施設は荒れ果てた廃墟となっています。ギリシアの経済破綻はオリンピックが原因ともいわれ、日本もそうなるのではないか。

ザハ案を撤回したので、二〇一九年のラグビーのワールドカップには新競技場は間に合いませんでした。それでも既存の競技場で十分間に合いました。

さらに、二度目のコンペが行われ、隈研吾設計、大成建設施工のA案が通り、着工されました。このとき、またも解体工事の入札をめぐる不正、不調などの問題も起きています。隈研吾案のスタジアムは一五〇〇億円以内で収めるという予算で、ザハ案のような密閉式の、開閉屋根のついたスタジアムは不可能でした。観客数は六万八〇〇〇人（最大八万人まで対応）、電気じかけの開閉式屋根や冷房暖房装置がなくなったのはいいとして、できたものは、まえのスタジアムを四倍に大きくして、観客席に日除け雨避けの屋根をかけたくらいで、なぜ一五〇〇億円もかけて新築したのか、わかりません。

まえの国立競技場の改修で十分よかったはずです。さらに、聖火台をおく場所が考えられていない、東南アジアの熱帯雨林などの樹木を伐採したとして、海外から批判を浴びました。しかも、世界では単一目的のスタジアムが主流なのに多目的にしたため、陸上のトラックがあってサッカーやラグビーの試合はみにくい。陸上の大会には高くて借りられないといわれています。

結局、新型コロナウイルスの感染拡大によって、二〇二〇年にオリンピックが開けなくなったため、このスタジアムは竣工後ほとんど使われていません。まえのスタジアムは経費が四億、それに対し、今度のスタジアムの経費は一〇倍もかかると言われています。そしてコロナ流行の中で、「八万人もの観衆を一ヶ所に集めて熱狂させるオリンピック・イベントは果たして必要かつ倫理的なのか」という声が大きくなっています。いずれにせよ選手と関係者、スポンサー、メディアなど人流が生み出され、大半の人は中止を望んでいます。

市民とは、市民運動とは

しかし「現国立競技場を直して使おう、神宮外苑の緑を守ろう」という運動の矢面に立ったため、私はSNSなどで攻撃され、サッカーファンや、建築家に批判もされました。建築家の批判は奇妙で「国際コンペで通ったものを市民運動でひっくり返されては、これから日本の建築家は国際コンペで勝てなくなる」というものでした。その中で、私たちのことを「プロ市民」という人々までが現れたのは驚きでした。この言葉の意味を知らなかった。「市民を装って運動を扇動するプロ」の意味だそうです。

しかし、いくら専門家がコンペでデザイナーを選んでも、市民の税金でつくられる公共建築に、市民が意見をいう自由はあります。ヨーロッパでは、自治体ごとに市民のボードがあり、この市にふさわしい品格や色や景観保持に役立つかなどを、討論する場や委員会があります。日本では、建築基準法と都市計画法をクリアすればどんな自己主張の強い、景観破壊の建物でも建ってしまいます。

「市民」という言葉も、自主的な市民革命を経ずに、上からの近代化を成し遂げたわが国では、なかなかピンとこないのです。私は文京区民で市民ではないこともあり、どうも「市民」より、「町人」という言葉のほうがしっくりきます。国民という自覚もあまりありません。国というボーダーを乗り越え、人々が仲良く生き合える社会をつくりたいと考えています。

「国民」というと国家によって統治される存在のように感じられます。「民衆」というと大げさだし、「普通の人々」というと誰かが「特殊な人々」ということになる。私はよりマシな選択として、このこなれない「市民」という言葉を使ってきました。「イデオロギーによらず、自分の責任で自分の考えをまっすぐに主張できる」精神の市民革命も目指したいという願いも込めて。それが「扇動者」といわれるとは、なんと日本も遅れた国でしょう。

その中で何人もの関係者が亡くなりました。特に、デザインを担当した、イラク出身の女性建築家、ザハ・ハディド氏が六五歳の若さで急死されたのは残念でした。最初のコンぺで与えられた条件が、九万人収容のスタジアムだということは、彼女の責任ではありません。しかし、この計画がとうてい与件の一三〇〇億円では収まらないことを審査員たちはわからなかったのでしょうか。都市の記念碑的建築は、予算通りでなく、すばらしいものならいくらかかっても構わない、という時代は終わったと思います。建築家たちも、巨大な公共建築で世界的に認められる時代が終わったことはわかっているでしょう。

一五〇〇億円で建てた丹下健三設計の東京都庁は、建設二〇年にして、八五〇億の改修費がかかっています。建てて終わり、あとは野となれ山となれ、ではなく、建設段階から、年間の維持費、定期メンテナンス、大規模修繕も含むライフサイクルコストを考えないのは、公共建築を発注する側も設計する側も無責任すぎます。次世代にツケを残します。

私はこの運動にかかわって、共同代表のステキな一一人の仲間をもちました。一人一人、たいへん能力が高く、得意分野もさまざまで、飲んでも話しても旅しても楽しい人たちなので、これからが楽しみです。いままで、いろんな運動にかかわってきましたが、それで人と仲違いしたり、分裂したりしたことは一度もなく、「出会えてよかった。私の財産だ」と思っています。

新国立競技場反対については「市民運動の記録を残す」目的で『森のなかのスタジアム

新国立競技場暴走を考える』（みすず書房、二〇一五年）を書きました。同じころ、本郷の樋口一葉の通った伊勢屋質店の保存を実現させ、北九州の村野藤吾の建築遺産の保存にまで仲間とともにかかわりました。

一方この大きな運動にかかわったストレスからか、私はがんというまた新しい大きな病気を六〇歳で抱え込むことになりました。そのころ、正岡子規の評伝の連載をしており、脊椎カリエスに侵されながら九年も生きた子規に対し、病を得たことにより、深い共感ができるようになったので、これはこれで得をしたと思っています。「料簡の明るい人はなかなか死なない」。これは私の子規の評伝を読んで誰かがいった言葉ですが、これを自分の標語に採用しました。私の場合、初期だったので、手術はせず、放射線治療だけ行い、抗がん剤も使わずに、いまはまた元気でいます。

林住期から遊行期へ

コロナが流行しはじめた二〇二〇年の二月ごろまで、「谷根千」は「東京の人気スポット」になり、週末にはたいへんな人出でした。バブル前の静かで人のいい町を知っていると、この喧噪や観光化は耐えがたくて足が向きません。谷中銀座の黒山の人だかり、お店のまえの長い行列、儲けるだけのために店を出した人たちが地域貢献や還元をしないこと、土地を買いあさって建て売りやマンションを建てて儲けて売り逃げする開発者たち、平日の昼間から路上での買い食いやお酒を飲むさま、何を見ても気分は悪くなるばかりです。

この町をブランド化してしまった責任の一端は私にもあると思うと、心も暗くなります。私はまちがったパンドラの箱を開けてしまったのかもしれない。あるいはランプをこすってとんでもない魔人を呼び出してしまったのかも。

一方、地域には四〇年近くでつむがれた助け合いのネットワークもありました。まともな観光や不動産をめぐる新しい小さなビジネスが芽生えています。補助金頼みのＮＰＯなどより、苦労して実業をしたほうがいい。特に土地を買いあさる人々に対抗するためには不動産の仕事はたいへん重要です。相続などでは会計士や弁護士の力も欠かせません。設計、デザイン、大工、コーディネートのできる若い人材が育ち始めました。あとは彼らを応援することに徹しよう。

織田信長は「人間五十年、化天のうちをくらぶれば、夢幻の如くなり」と歌いました。夏目漱石も「定業《じょうごう》五十年」といって四九歳で亡くなりました。樋口一葉は二四歳、石川啄木は二六歳、正岡子規は三四歳。私自身、六〇代後半まで生きて丸儲けもいいとこですが、あとは何をし残したか、片付けなければいけないか、逆算しなくてはなりません。いくつか連載が終わったのに、本になっていない原稿があり、それをまとめているうちにいずれ命は尽きるでしょう。

振り返れば五〇代に、私は宮城県丸森の畑と林の中で過ごしました。まさに林住期《りんじゅう》でした。六〇歳になると、赤いトランクに服と仕事を詰めて、世界中あちこちフラフラした。遊行期といえるかもしれません。

3・11の直後、九州でのシンポジウムに出た私は、福島原発事故の帰趨《きすう》が見えなかったので、そのまま九州の旅を続けました。幸い家族たちは東京から遠いところにいました。一人はニューヨークに、一人は和歌山の高野山の近くの寺にいました。娘には北海道の元夫の実家に避難するようにいいました。そのとき、一人で九州の安ホテルを転々とする寄る辺なさとともに、この赤いトランクとノートパソコンさえあればフーテンの寅さんみたいに、どこでだって一人で自由に生きていけると確信しました。

いまは病気の予後のケアのため、たまに京都に行って気功や整体をしています。観光地を外れた普通の京都の町は東京より静かで、三方は山が見え、川や疎水が流れ、古い家が残っていて散歩が楽しいです。私が居候しているのは、京都大学の近く、北白川に友人のもっている古い家です。山が見え、鴨川が流れ、疎水が通り、町家が佇む。学生食堂でカレーライスが二四〇円、カフェで本を読み、たいていの飲食店はＷｉＦｉがありますからメールチェックや仕事もできます。アルバイトの学生はとっても親切で、「仕事するならこっちの席のほうが明るいですよ」などといってくれます。

植物園を散歩し、吉田山に登り、船岡温泉につかり、京都シネマや出町座へ行ってシニア料金で映画を見るという暮らしが気に入っています。他にも三〇年の間、関係を紡いできた友人たちのいる町が全国にいくつもあります。「次はいつ来るの」と連絡をくれます。各地に定宿があり、家を借りるよりお手軽です。日本中の好きな町に一ヶ月とか三ヶ月とか住みたいと思います。

でも、いまから言葉を勉強して外国に住むのもいいかもしれません。原発をやめた国、暮らしを楽しめる国、イタリアがいいかな。あるいはなんでも食べ物がおいしく、一人でも食べられる店の多い、台湾もいいかもしれません（ここまでは、コロナ以前に書きましたので、現在は難しさを感じますが）。

いまの心配は自分が病気になったり、いずれ死ぬということより、「死ねなかったらどうしよう」ということです。私は地域でそれこそたくさんの死を見てきました。死ぬのは怖くありません。むしろ、いま、なかなか死ねそうにないのが困ります。少なくとも生きる実質のない延命は望みません。

子育てを終え、また一人になりました。

それでも、たまたま谷中を通り、墓地の樹々のむこうに夕陽が沈むのを見ると、この町でずっと過ごせた幸せを思います。「谷中に蚊がでなくなると正月だ」「情報とは情けで報いること。人を出し抜くためのものじゃない」「墓地でデートするとな、石がひんやりして気持ちいいんだ」。そんな誰彼の言葉を思い出します。みんな、空のかなたにいってしまった。

男女雇用機会均等法が私たちの時代にあれば、私は企業に入って一生を過ごしたかもしれません。いや、飽きっぽいので、きっと辛抱が利かなくなってやめていたでしょう。女の人生は、恋人にも振り回され、子どもができれば、育児にも振り回される。なかなか自分の都合で割り切れません。でも社会に出てからいままで嫌なこと、自分がおかしいと思うことは何一つせずに四〇年以上過ごしてこれました。いままでの人生を誰かと取り替えたいと思ったことはありません。

地域でバーを運営する「さすらいのママ」に

二〇一八年から、地元で若い人たちを招いて「あいそめバー」を始めました。これは藍染大通りのスペースで、七時から、映像を観たり、その感想を話し合いながら飲んだりして、まちづくりを考えようというものでした。遠くからの友だちが参加したときには、その人のやっていることも紹介してもらい、ミニ講演会になることもありました。最近はスマホやパソコンの中に自分のプレゼンテーション用のパワポが入っていますから、たちどころに映像つきで話ができます。歩行者天国、ベトナム武者修行、青梅のまちづくり、釜石の町のキネマ、いろんな方が、刺激をくれました。

そう、次代の谷根千を担ってくれる人をここで育み、また一緒に協働できるネットワークができたら、というのが望みでした。私は「さすらいのママ」、というのはたまに場所が地域内、あちこちに飛ぶからですが、他に建築を教える栗生はるかさんがチイママに、ゲストハウスの経営者、中村トシさんと福祉の仕事から区議になった澤田圭司さんのバーテンダー二人が一緒に運営をしてくれました。最初の会は二四人も来てパーティになってしまいました。そのあとは私たち四人を含め、一四人まで、つまりゲストは一〇人までで、ゆっくり話し合えるようにしました。

そして根津の駅前の感じのよいバーが閉店したので、そのあとを借りて、常設のバーを始めようという矢先……。

二〇二〇年二月、ダイヤモンド・プリンセス号でのコロナ感染者の発生以来、町で人が集まるということはできなくなってしまいました。親切な大家さんも、「いまは素人が飲食を始める時期ではないのではないか」と忠告してくれ、残念ながら「町の止まり木」計画は一時断念することになりました。

コロナの中の東京

東京は二〇二〇年四月七日緊急事態宣言が発令され、私もステイホームを余儀なくされました。家で仕事をするのは慣れていますが、新しい取材はできません。そこで、「暮らしている町を散歩で旅する」ことと「町の声に耳をすます」ためにそのまえから備忘録をつけています。

カトマンズでお寺を建設していた宮大工の息子が空港封鎖が懸念される中、三月五日、無事帰り、二五日からブラジルに茶室をつくりに行く予定でしたが、日本からの入国は無理とのこと。その後の、ブラジルでの感染拡大を思うと行かなくてよかったのですが。仕事を失った息子は買い物、ゴミ出し、風呂掃除、洗濯などをやってくれることに。

私のほうも予定された会合や講演はすべてキャンセル、新規依頼もない。この際、空いた時間に家の資料の整理をし、次の仕事の段取りを考える。連載が終わって本になっていないものを完成させる。そのための資料を揃えるというようなことで毎日を過ごしました。災い転じて福となすのは得意なほうです。

出版社ではみんな在宅ワークに切り替わり、それきり連絡なしのところもいくつか。大手書店が閉店し、出版は様子を見て、というようなことになってしまいました。

私は三月に京都に行きましたが、外国人観光客がいなくなったため、京都は静かさを取り戻し、バスも空いていました。修学旅行以来五〇年ぶりに金閣寺に行ってみると、誰も人の入らない金閣寺が撮影できたので驚きました。龍安寺の石の庭もガラガラ。谷根千でも外国人観光客がパタリといなくなり、地域住民としてはこの落ち着きを喜んでいます。

政府や東京都、文京区役所まで、行政のコロナ対策へは不満も多いですが、それは私が述べるまでもないでしょう。東京オリンピック開催に執着するあまり、ＰＣＲ検査も限定し、感染者数を少なく見せていたと思います。またテレビが専門家という人たちを登場させ、やたら不安を煽ったように思います。テレビのない私は、テレビ漬けの人の恐怖は理解できません。大正中期のスペイン風邪を調べてみましたが、日本国内だけでも三九万人も亡くなったスペイン風邪（一九一八〜二〇年）では人々は浮き足立ったように思えません。それはテレビもラジオもSNSもなかったからではないか。永井荷風は「巷では感冒が流行っている」程度のことを日記に記しています。晩年の森鷗外は、スペイン風邪の最中でも正倉院の曝涼《ばくりょう》にでかけました。

小池都知事は「夜の街」に言及し、休業や時短を要請しました。朝日新聞は記事と関係ないのに夜の街「歌舞伎町一番街」の写真を何度も出しました。そのために生活に困った飲食店やホステスさん、ホストさんが多数出ました。『放浪記』の作家、林芙美子は一九二六年頃、スペイン風邪流行から数年後、新宿二丁目付近で、カフェに住み込みで働いています。『放浪記』によれば、彼女たちはシングルマザーだったり、男に捨てられたり、結核の亭主を養ったり、「そうにしか生きられない」人々でした。いまもそうした困難をかかえる人々をどうやったら支えられるのでしょうか。

一方、谷根千では建築家の宮崎晃吉さんたちが迅速に「谷根千宅配便」を立ち上げました。店が休業で手の空いているスタッフが、地元の自転車屋「トーキョーバイク」の協力も得て、自転車で地域内に届けていく。配達一回五〇〇円。地域の人々は積極的に応援しました。根津でも何軒か共同のテイクアウトが始まり、また別に「谷根千テイクアウトマップ」というサイトを立ち上げた人もいます。

谷中の旅館澤の屋は年間五〇〇〇人もの外国客で賑わう外国人宿でした。とても親切で、客を町のお店に紹介し、草の根交流に尽くしてきました。しかし外国人客の九九パーセント減により、宿泊客はゼロ。そこで、部屋をリモートオフィスに貸し出し、「どうせ毎日沸かすから」と庭の見える気持ちよい檜と陶器の風呂を、タオルとシャンプー付き五〇〇円の立ち寄り湯にしました。ちょうど地域の銭湯は二つまで減っており、これは町の人にとっても朗報でした。「町の方が入りに来てくれて、リピーターになる方もいます。ますます町に守られている感じです」とご主人の澤功さん。

いよいよ「谷根千は観光地ではなく、相互扶助のコミュニティだったんだ」と思い知らされました。その後、時短営業になった飲食店には一律六万円という補償が出る一方で、飲食以外の店には何の補償もなく、閉店を余儀なくされる店もあります。ライブハウス、さらに公演が中止されたことで、演劇、舞踊、音楽、伝統芸能などのアーティストや裏方さんたちも収入減に苦しんでいます。一方で、感染者の少ない地方では、感染者やその家族に対して誹謗中傷や排除が起こりました。感染者は被害者でこそあれ、責められるべきではありません。

3・11や原発事故で人生観が変わったという人もいましたが、私は昔から変わっていません。集住は避け、国土に分散して住むほうがいい。通勤ラッシュはやめ、社員を信頼するテレワーク、在宅勤務を広めたほうがいい。

九万人がスタジアムに集まるような巨大イベントはやらないほうがいい。

道や広場を活用し、緑の中、オープンエアで飲食すると楽しい。

利益でなく、ゆったりと、お互い様で助け合って暮らせる地域をつくりたい。

都市の密度を上げるビル建設はやめてほしい。

経済の動きがスローになれば、地球はそれだけ長もちするはず。息子によれば煤煙の減ったカトマンズからはヒマラヤが見えたそうな。東京でも車が減り、空気が良くなった気がしませんか。

あとがき

いつか上海に行ったとき、おもしろがって手相を見てもらいました。何もいわないのに、「あなたは三人子どもがいるでしょう。いちばん上の女の子があなたにとってとても頼りになっているはずです」と言われたので、よく当たるな、と思いました。さらにその人はいいました。「だけどあなたは九つの才能のうち、三つしか生かしていない。あとの六つの才能を生かすことを考えなさい」

三つねえ、書くことと、編集すること、市民運動をやることかな。子どものころになりたかったのは、指揮者でした。歌手になる夢ももっていました。でも、記憶力も衰えつつあるのに、楽譜を見ないで、歌詞を人前で歌えるのかしら。高校のときは演劇部でした。老婆の役で、映画にちょっとだけ出てみたいというのも小さな夢です。朗読もやってみたい。

「思えば叶う」のもまた真実です。「心想事成《しんそうじせい》」というそうです。そしていまや「この道一筋」では危なくて生きていけない。最近会う若い人たちときたら、建築家でハンバーガー屋さんを経営していたり、会社員なのにゲストハウスを整備中だったり、金儲けはもういいやと、海外交流の居場所を作ったりしたりしています。写真家でいろんな土木や建築の資格をもっている人、弁護士でミュージシャンとか（一人、ビンゴが好きなビンゴ士もいます）、医者で映像作家とか、ホースセラピストで輸入業者とか。

いまの若い人は正規の職業に就けない不安におびえ、新卒時に公務員とか大企業を目指しがちですが、同じ会社に定年まで勤めるのはおもしろいかどうか。そこが自分に合わないと思ったらやめればいい。会社も終身雇用の時代ではないので、そこまで社員を至れり尽くせりに保護しません。などというので、最近「やめさせ屋」というあだ名がつきました。「森さんを見ているとフラフラフリーランスでも生きていけそう」と思うらしいのです。

昔から、いつまでもフラフラしている人はいました。大学を裏表八年やった人、運動にかまけて就職できず町工場で働く人、女性を助けるために留年し塾の先生になった人、それでも「稼ぐに追いつく貧乏なし」でどうにか暮らしていたもんです。私も小さな会社に二ヶ所勤めただけで、その後は四〇年、フリーランスで生きてきた。

それでも、私たちの世代は「働かざる者食うべからず」のような規範がインプットされていました。子どもたちの世代は「稼がず使わず」のミニマリストのようです。「無為徒食」こそが、地球を長もちさせる唯一の方法だとさえいう人がいます。

世のなか、変わったもんだ。

いままで、いろんな方がつぶやかれた言葉をときどき思い出します。

省みて栄華の時を持たざりし我が人生を自画自賛する
という新内の岡本文弥さんの歌も大好きです。

また一〇〇歳を越えた出雲の百姓、佐藤忠吉さんは「失敗のない人生は失敗でごじゃいます」と出雲弁でおっしゃいました。これも心にひびく本当の言葉だと思います。

人間の一生は長くて一〇〇年、よどみに浮かぶ泡沫のように、長い地球の歴史からすれば、一瞬。それでもその人にはかけがえのない一生であることに変わりはない。私は元気なうちは働いていたい。でも病気になって寝ついたら、早くフェイドアウトしたい。延命治療はしてくれるなと子ども三人にはいってあります。

一人暮らし在宅自立死も望むところです。ツイッターやフェイスブックでそんなにいいたい放題いっていいの、と心配してくれる友だちがいます。自分の意見を、世間を憚って、あるいは損得を考えてストレートにいわない、ということは私にはできません。「大丈夫、あとはポックリ逝くだけだから」と返信すると、「ポックリ禁止。ならオレと心中してくれ」だって。

いいよ、いつでも。

二〇二〇・三・一三　森まゆみ

森 まゆみ《もり まゆみ》

作家、編集者。一九五四年生まれ。出版社勤務を経て一九八四年、地域雑誌『谷中・根津・千駄木（谷根千）』を創刊。地域雑誌を越えた人気を得、谷根千を訪ねる人が急増する。並行して東京の歴史的建物の保存・活用を続ける。『鷗外の坂』『「即興詩人」のイタリア』『「青鞜」の冒険』『子規の音』『「五足の靴」をゆく 明治の修学旅行』『路上のポルトレ』など著書多数。

インターナショナル新書〇八一

しごと放浪記《ほうろうき》

自分《じぶん》の仕事《しごと》を見《み》つけたい人《ひと》のために

二〇二一年八月一二日 第一刷発行

著者 森《もり》 まゆみ

発行者 岩瀬 朗

発行所 株式会社 集英社インターナショナル
〒一〇一-〇〇六四 東京都千代田区神田猿楽町一-五-一八
電話 〇三-五二一一-二六三〇

発売所 株式会社 集英社
〒一〇一-八〇五〇 東京都千代田区一ツ橋二-五-一〇
電話 〇三-三二三〇-六〇八〇（読者係）
〇三-三二三〇-六三九三（販売部）書店専用

装幀 アルビレオ

印刷所 大日本印刷株式会社

製本所 加藤製本株式会社

 ISBN978-4-7976-8081-2 C0295

インターナショナル新書

077
アルキメデスの驚異の発想法
数学と軍事
上垣 渉

数学や物理学の理論を「軍事兵器」に活かす実現力と、天秤などのような機械学の知識を「数学」の理論へ活かす応用力を併せ持ったアルキメデス。その生涯を追いながら、豊かな発想力の根源に迫る。

078
カミュ伝
中条省平

コロナ禍において再び大きな話題を呼んだ『ペスト』の作者アルベール・カミュ。彼の波瀾に満ちた生涯と思想・哲学、『異邦人』などの代表作を徹底的に論じる。フランスを代表するノーベル賞作家の決定版評伝。

079
あなたを救う培養幹細胞治療
辻 晋作

次世代成長戦略のひとつとして実用化が促進され、身近な治療となりつつある再生医療。なかでも注目されているのが培養幹細胞治療だ。そのトップランナーが語る、再生医療の最前線と今後の展望。

080
DX時代に考えるシン・インターネット
村井 純
竹中直純

新創設、デジタル庁がやるべきことは？「日本のインターネットの父」と「天才プログラマー」が、この国のデジタルの過去と未来、その「かたち」について語り尽くす。インターネットの未来はどっちだ!?